Fate strange Fake

3

田良悟

ta Ryohgo

插畫／森井しづき

原作／TYPE-MOON

Illustration:Morii Siduki

Original Planning:TYPE-MOON

Kadokawa Fantastic Novels

青年內心想起甚至令他懷念的話語。

——「你呀、你呀，仔細聽好，同胞之子。」

——「你們應該摧毀的，是打算從我們身邊奪走某樣事物的人們。」

——「外來者亦奪走了你的雙親。」

——「外頭滿是汙穢的侵略者們殺害了你的父親『們』。」

——「外來的恐怖惡魔亦拐騙了你的母親。」

——「因此，請你摧毀打算掠奪我們的人。」

——「因此，請你迎戰，為了總有一天能靠『我們的』雙手搶回你的母親。」

緊接著，響徹起不值得懷念，但應該再也無法耳聞的說話聲。

——「哦~看見我的這個卻不為所動，你很有膽量嘛！」

——「不，不對啊……喔，你這人的內在還真稀薄。」

——「就讓我告訴這樣的你一件好事吧。」

——「一直喊你們『你呀、你呀』的囉嗦魔術師們，全都已經死嘍！」

回想起兩種「聲音」的青年，重新思索起不同時期所懷抱的感情。

沒有憤怒或悲傷，僅僅冒出「這樣啊」的感想後接受了這句話。

儘管他認為這樣很正常，但聽到最後那句話後，當時仍是少年的他察覺到……

──「對了，還有，你的母親……早就在叫做日本的國家死掉嘍……」

聽到這句彷彿嘲笑的話，仍沒有任何感想的自己──

與周圍聽到同樣內容而嘶吼吶喊的同胞們相比，是不是果然有某個部分產生了些微偏差了呢？

──為什麼會想起這種事呢？

青年獨自步行於夜晚的沼澤。

即使以軍用防風鏡覆蓋住雙眼，身上配備好幾件武具與魔術禮裝，這名青年的氣質仍略微不同於軍人或魔術師。

——啊，這樣啊。

既沒帶著隨從，也不見敵人，孤單持續行軍的青年摘掉左手的手套。

詭譎地浮現於手背上的，是捲起強烈魔力漩渦的刺青一般的花紋。

看著為聖杯戰爭的主人證明之令咒，青年似乎略顯厭煩地瞇細雙眼。

——生我的人會死，也是因為「聖杯戰爭」嗎……

在原本的聖杯戰爭中，聖杯會挑選應當持有令咒的魔術師。

據說該機關會優先選擇艾因茲貝倫、馬奇里、遠坂三家的人棲宿令咒，就連史諾菲爾德的聖杯都編組進這套偏心的系統。

為召喚準備當成引子的祭品英靈的令咒，其中兩道預定棲宿在警察局長和繰丘家的魔術師身上，而為了召喚真正的英靈們的七道令咒，則一個不剩地棲宿至這場聖杯戰爭的「幕後黑手」們身上。

「……」

青年沉默不語地瞪視那道令咒。

其眼神不見困惑、憤怒或愉悅，絲毫沒有盪漾出足以稱為感情的波紋。

青年戴上手套後，再次繼續默默步行於孤獨的道路上。

他叫Σ（西格瑪）。

這並非名字，只是記號。

該稱呼不包含命名者的心願，不過是為識別二十四名「類似個體」才分配到的其中一個希臘字母罷了。

那群「類似個體」已喪失大半，如今連需要識別的意義都消失無蹤。

西格瑪認為自己如今的職業是能使用一點魔術的傭兵。

他在帶自己走進「這個世界」的僱主身邊，淡然度過完成工作的日子。

此次交付給他的任務與過去的有些許差異。

內容是要他參加與尋常戰爭截然不同樣貌的戰爭——「聖杯戰爭」。

不過，也就只有這樣。

只要召喚名為英靈的人物，再參與戰爭即可。

既不需要支援他人，也不需要積極殺死敵對人馬。

——「召喚出英靈後，剩下的隨你怎麼做都行。你要隨意四處逃竄，要不然過來殺我也好，這也不失為一種趣味！是叫革命吧！與在你的國家發生的事一樣！」

青年回想起態度輕浮的僱主講的話後，陷入沉思。

——真的一樣嗎？

——那個國家的崩壞，和我反抗她這件事能一視同仁？

青年一邊認真琢磨僱主的貧嘴說詞，一邊行軍思考了一陣子，結果依然得不出答案。

——聖杯。

——只要去問那奇妙的玩意兒，它就會告訴我嗎？

當青年尚在思索不同於魔術師及常人會考慮的事情時，便抵達目的地。

沼澤中矗立著一棟乍看下疑似荒廢的小房子。

──「儀式的道具已經準備齊全，你只要負責召喚就行嘍！多餘的觸媒已經全部由我這邊處理完畢！啊，召喚出誰不必告訴我，答案還是之後知道比較有趣！」

儘管僱主這麼說，但法迪烏斯特別叮囑他「召喚出哪個英靈，要個別向我報告」。雖然法迪烏斯不算直接的僱主，但既然法蘭契絲卡並未下令封口，代表講出去也無所謂。

雖說召喚出的英靈暫時算該魔術師的私有物，但該英靈原本的所有者究竟為何，以及召喚出的英靈又是什麼，西格瑪都不感興趣。

西格瑪尚未知曉。

在這棟房子的地底下召喚出的英靈，與絲毫不信奉神佛的自己，簡直是迥然不同的存在。

還有，自己即將召喚出的事物，難以歸類為英雄或神魔一類──

屬於格外異常的「現象」。

開戰日的黎明。

名喚史諾菲爾德的扭曲戰場，即將集齊全部拼圖。

就在任誰都無法想像最後完成的全景圖為何貌的情況下。

間章
「逃避的盡頭」

此為某名逃亡者的故事。

一名女子逃避自身的罪孽，不願面對迫近而來的「懲罰」。

她既未身懷希望，也無處可去，就連一步之遙的前方道路都看不清，儘管如此卻無法停下腳步，只是繼續逃避。

即使知道自己的末路只有毀滅，逃亡女子依然死命緊抓著某種事物。

名喚冬木的城鎮一角，存在一棟稱作「蟬菜公寓」的集合住宅。

那裡是一切的起點，對「她」也算是世界盡頭的地點。

對如今的「她」而言，到那棟公寓之前的回憶毫無意義。

在不斷逃避的過程中，多餘的過往盡數剝落，墮落成沒有意義的存在。

目前「她」所殘留的，只有罪惡感與對懲罰的恐懼。以及——不停凝視著這樣的她，那個戴紅兜帽、疑似少女的【某物】的身影。

對方究竟是實際存在，抑或是自身的罪惡感所產生的幻覺？雖然她不曉得，但既然自己能看見，那答案為何都沒有差別。至少她至今都這麼想。

為了求救，她甚至特地前往冬木丘陵上的教會。

雖然記憶已經模糊不清——但在那邊遇到的神父，似乎對她講了什麼。

之所以會說似乎，是因為前後的記憶模糊不明。

「——，■■是■■■■■■■的——」

「難道————始末——」

儘管她能理解這是段奇妙的往事，不過一旦仔細回想就會頭痛。

「到頭來，■■是——————」

縱使記不清當時情況，但奇妙的是，「別再接近那座教會」的念頭化為宛如野獸畏懼火焰般的忌諱，深刻烙印於逃亡者的本能之中。

接著她也逃離冬木這座城鎮，數年數月都漫無目的地不停徘徊。

同時她從背後的黑暗中、夜晚的昏暗中、街燈造就出的陰影背後，都經常感受到「小紅帽」的氣息。

——我到底該怎麼辦才好？

無法忍受這般懊惱，如行屍走肉地不斷徘徊於各處的她，最後不知道在什麼的牽引下，再度回歸冬木這座城鎮。

即使在鎮上聽聞神父早已換人的謠言，她還是沒有前往「教會」的想法，話雖如此，也無法回到曾是自家的蟬菜公寓，因而讓自己依然如行屍走肉地漫步大街上。

然後——不斷尋找去處的她，聽說了「森林中的洋房」的傳聞。

在聽過傳出有幽靈出沒的洋房傳聞後，她便自然而然朝該處邁進。

她認為如果傳聞屬實，假如洋房真的有幽靈出沒，那自己就必須親眼見證。

因為她想確認潛伏於自己周圍黑暗中的「小紅帽」和「它們」是否為同等事物。

硬要找這種理由牽強附會的她，或許是在尋找自己的葬身處。

說起來，她曾特地前往傳出同樣傳聞的山間寺廟，結果只看見池塘裡有罕見的魚在活蹦亂跳，因此對該傳聞並未抱多大期待。

話雖如此，她依然前往森林，是因為她認為至少比待在城鎮中要好。

至少森林中不會出現「小紅帽」。

此處的氛圍猶如童話故事中巫婆居住的森林，她一邊遵循著在逃避過程中找到的法則，同時持續步行於樹木間——接著眼前出現不符合該地域氣氛的巨大洋房。

這棟巨大洋房居然能神不知鬼不覺蓋好——在她為此感到毛骨悚然前，就已經被洋房幾乎稱作城堡也不奇怪的莊嚴外觀震懾。

身為逃亡者的女子僅從遠處眺望城堡，絲毫沒進去的念頭。

因為她感到恐懼。這棟寬敞的宅邸中，或許會設置類似簡易電梯之類的設備。

「小紅帽會出現在電梯內」。

這也是法則之一，她卻沒思考過其中理由。

她心懷警戒開始在城堡周圍散步，在這段過程中，她感受到自身心境產生變化。

——怎麼回事？

——很不可思議地……該怎麼說呢……我想想……

——嗯……「很平靜」。

儘管不知道理由為何，但品嚐到內心迎來數年未曾體驗的心安後，往後她又數度造訪這座城堡。

她並未步入城堡內，真的只是讓自己委身於這片不曾變化的景色中。

接著，數個月後——

一如既往造訪城堡的她，聽見女性間似乎在爭執的說話聲。

她為首次感覺到人的氣息而訝異，卻並未特別覺得不可思議。

畢竟看見庭院綻放的鮮花後，可以明顯得知至少有人在管理此處。

她在意起這座城堡的相關人究竟是何許人也，藏在樹蔭下悄悄靠近傳出說話聲的方向。

於是，兩名女性的身影映入她的眼簾。

一眼望去會認為兩人是雙胞胎或者姊妹。

透亮到幾乎會錯看成純白的美麗銀髮，與令人聯想到雪地的白皙肌膚。

加上從遠處看也能辨識的赤紅眼眸，兩人的特徵實在太過相似。

此般外貌的兩人似乎在爭論些什麼，但看上去又好像是其中一方在勸戒對方，而另一方則散發著放任自己浸浴在怒氣中的感覺。

「這種事根本一點意義也沒有。菲莉雅，妳究竟想做什麼……」

「夠了！我不會再拜託妳們了……我一個人完成！」

這兩人究竟是什麼人呢？

這座城堡果然是國外富豪或什麼人的別墅，她們則是來自該處的相關人等吧。

逃亡者思索著這類內容，一邊繼續觀察「白色女子」。

不過她認為她們與其說是外國人，飄散出的氛圍似乎更顯異質。

簡直像從童話故事中跳出來似的——

她沉浸在滿是妄想的推論中，絲毫沒注意到自己未能徹底隱藏好氣息。

「即使要拋棄艾因茲貝倫之名，我也——」

激昂的女子，忽然在原地靜止不動。

「……是誰？」

印象中，女子徹底抹消表情並回過頭看時，她的臉龐非常美麗。

不過，也就到此為止。

和白色女子四目相對後的記憶，與造訪教會時同樣變得十分模糊不清。

她恐怕是遭到魔術施以暗示之類的行為了。

就連世上有「這種手段」都是後來「白色女子」灌進她腦子裡的知識。

「妳是■■？還是■■■■■■■。」

不同於教會，城堡或白色女子本身並不讓她感到忌諱。

「到底是怎樣的偶然？難道■■■——」

「沒想到居然是這種程度的……不，怎樣都無所謂了吧。」

然而，一旦想仔細回憶當時的情境，腦袋同樣會嘎吱作響。

她認為自己果然受到了某種暗示。

或者是在教會時，那名神父也同■■對自己做過一樣的事。

■■。

和神父在一起的「某物」。

一旦試圖想起該存在，腦髓果然就會嘎吱作響，記憶也模糊不清。

在城堡的女子與神父。

她很清楚引導不過是區區逃亡者的自己，走到如今這步的無疑是那兩人，但自己無論如何都想不起和他們相遇時所聽到的話語。

白與黑的模糊記憶，持續在她腦內捲起勾玉花紋般的漩渦。
不過，神父告誡待在他身旁的「某物」的話，只有一句她還記得。
——「我對『這個』的末路產生興趣了，這是你過去對我做過的事吧？」
還有在城堡時，白色女子對自己說過的話中，她也清楚記得一句。
——「妳沒有選擇自身末路的權力，我來賦予妳生存的意義吧。」
神父與白色女子，烙印於雙方話裡的「末路」這單字化為詛咒，最後逃亡者也只能照白色女子所言，在周圍的影響下離開日本。
逃亡者女子——沙條綾香即使到被捲進美國「魔術性戰爭」的今天，也依然徬徨尋找答案。
——該怎麼做，我的罪孽才能獲得寬恕？
——我究竟……該在這座城鎮裡做什麼才好？

×　×

美國　史諾菲爾德　展演空間內

位處市中心的某棟老舊大樓地下室。

在絕不能稱為寬敞的空間內，為了現場演奏而搭建的舞台上響徹著牧歌般的旋律。從電吉他的擴大機中響徹出的樂曲，最初令人感覺其音質與旋律不搭，但隨著演奏速度緩緩提昇，再配合獨特的曲調後，確實變化為適合電吉他和展演空間氛圍的音樂。

簡直像邊彈奏吉他邊配合音質來改變旋律。

接著，當樂曲彈奏完畢後，演奏的男子喊道：

「嗯……這種感覺行嗎？」

手裡拿著電吉他的，是風格連最初演奏的牧歌旋律都與他不相稱的男子。

身穿奢華鎧甲，參雜紅髮的金髮隨空調搖曳的英靈——劍兵的話令周圍數名男女瞠目的同時，引起一陣喧囂。

「喔……你真強！真的是初學者嗎？」

「真厲害……真帥呢。我原本還以為你是當紅的喜劇演員呢。」

騷動不已的男女無一不是剃成莫西干頭，就是挑染得五彩繽紛的誇張髮型，還穿戴與世俗常識相去甚遠的服飾與耳環，或者全身覆蓋滿滿的刺青。

簡直像把「帶刺」這個單字照字面擬人化的一群人，他們露出友善的笑容，為在某種意義上打扮得最遠離世俗常識的男子給予讚賞。

「誰會相信你真的是第一次彈吉他！……雖然我是很想這麼說啦，但奇妙的是我不覺得你在說謊……」

「雖然我不想講這種俗氣的話，但你剛才的演奏都能直接收錢了。」

於是劍兵似乎很高興地害羞搔頭。

「這沒什麼，跟專業的你們相比還差得遠。雖然我是第一次接觸這個『電吉他』，但以前有學過類似的樂器。」

「哎呀！你已經很厲害了！話說剛才的曲子是？我第一次聽到。」

剃成莫西干頭的男子的話，令劍兵露出緬懷過往的笑容並答道：

「啊，以前我不小心犯錯被逮捕，我將在那段期間一時興起所作的曲子稍微提昇些速度來彈奏。」

「你連作曲都會啊！話說，你是前科犯啊？」

「你就是那個人吧？不久前被逮時還在電視上發表演說的人？」

劍兵聽到打扮成龐克風格的女性的話後，有些害臊地頷首。

「妳看到了呀。哎，雖稱之為演說，內容卻顯得有點空洞……」

「怎麼，難道你是逃獄出來的？很酷耶。」

「畢竟警察局出了那種事，我只是趁亂避難。至於要不要視為逃獄，就不歸我判斷了。」

劍兵邊聳肩邊親切回答，令周遭的年輕人更誇張地嬉鬧。

「喔，那真的很厲害耶！究竟是怎麼回事呢？那場爆炸……」

「旅館那邊好像也很慘喔！」

「話說回來，賭場那邊好像有個瘋狂贏錢到令人難以置信的傢伙——」

「……」

有道影子倚靠在舞台角落，默默聆聽這群年輕人的對話。

理應是孤獨「逃亡者」的女子——沙條綾香大力搖頭並在內心呻吟。

——難道這就是我的末路？

在逃避的盡頭下所抵達的展演空間。

周圍的人是待在冬木那座城鎮時絕對沒機會認識的，打扮成龐克風格的年輕人，以及——毫不客氣地踏入自身領域的多事英靈。

「喂，雖然在專業的你們面前會很丟臉，但我剛好想到新曲，可以演奏嗎？」

「哦，彈吧彈吧。我們也很期待，不知道會聽到怎樣的音樂呢。」

「謝謝！綾香也要仔細聽喔！待會兒我想問妳感想。」

她瞪著講完剛才那番話後再度開始彈奏電吉他的劍兵，最後彷彿責備自己般嘆氣。

猶如想否定稍微對劍兵演奏的旋律產生感動的自己。

——我到底在做什麼呢？

序章Ⅷ

「閃耀明星（壓軸）們的宴席（前）」

開戰前夜　史諾菲爾德某處

於史諾菲爾德的郊區，存在一塊儘管不太寬敞，卻林立著工廠的區域。

在這塊區域深處，悄悄佇立著彷彿將周圍的巨大工廠作為牆般的肉類食品加工廠。

或許是鄰近的畜牧業不興盛，這裡依時期不同甚至不會運作，是座就連城裡居民都鮮少知道其存在的加工廠。

然而在這座加工廠的地下，有著沒有申請營業登記的不為人知一面。

比占地面積更廣大的地下空間中所建造的，是位於好幾層結界深處的魔術工房。

周圍那些乍看下毫無關連的工廠，若是追本溯源，最後找到的經營者都會與同一個組織有關。

「史夸提奧家族」。

該組織是以老奸巨猾的手腕揚名黑社會的迦瓦羅薩．史夸提奧為當家的黑手黨。雖然被稱為黑手黨，但嚴格來說與原本起源於西西里島的黑手黨組織形態不盡相同。儘管迦瓦羅薩．史夸提奧確實與西西里島的黑手黨有淡薄的血脈關係，但他卻與眾多形態大相逕庭的組織聯手，或者是

吸收，使巨大化的組織成為無關乎國境、血緣或思想的「無貌暴徒（Faceless Mob）」。

迦瓦羅薩這奇妙的名字當然是假名，其中一種說法是融合神聖羅馬帝國皇帝腓特烈一世的綽號「巴巴羅薩（紅鬍子）」和自己的本名所得來。

再來就是他已在名叫美國的國家之黑社會紮根深廣。

關於這名誇口說要在美國重現神聖羅馬帝國的男子，可能確實已握有足以稱為皇帝的權力與財富這點，不論是犯罪史研究學者、ＦＢＩ或電視上的評論家都替他找盡各種緣由——但真正的理由卻鮮為人知。

理由是他在包含國內外的遼闊區域，庇護著眾多「魔術師」們。

與其他家系競爭勢力範圍落敗者。

追尋魔術的至高境界，財富卻無法負擔而破產者。

被視為異端而被趕出原居地者。

身為罪犯而在社會上遭到瘋狂追捕，亦受到魔術世界忌諱者。

又或者親自來敲門者——

他成為身懷各種內情的魔術師們的贊助者，支援他們的活動。

不僅直接出錢援助，甚至提供土地，並靠「表面權力」排除原本居住該處的魔術師。

一點權力或暴力對有力量的魔術師而言並不成問題，但能完全抵禦擁有關於暗示或媚惑知識的暴徒們的襲擊乃至狙擊，甚至來自法庭傳喚的人，自然相當有限。

即使是鐘塔的著名講師或在專一領域名揚四海的魔術師，若非只靠魔術刻印的力量就能解決問題的一流能力者，想防禦出奇不意的槍彈就必須穿著專用的護身禮裝。

假如不這麼做，即使是魔術師也可能輕易死於足球球迷暴動或半路遇上的隨機殺人魔。

這原本會是被鐘塔與教會視為問題，並率先解決的案例——但當史夸堤奧家族的事成為話題時，他們早已握有某種程度的「魔術世界的權力」。

那群不入流的魔術師們是否真能團結一致捍衛一個犯罪組織呢？

儘管抱持這種疑問者不在少數，實際上受到史夸堤奧家保護的魔術師們，為了捍衛贊助者確實會不遺餘力。

其中最重要的理由就是——迦瓦羅薩對魔術師們身為魔術師所孕育出的「成果」，根本沒有絲毫興趣。

魔術師們的成果不會遭到掠奪這點自然不在話下，只要魔術師不願意，史夸堤奧家就連內容都不會硬是逼問出來。

魔術師們只需要告知必要物品，史夸堤奧家便會毫不吝嗇地提供。

許多習慣了這種單方面關係的魔術師們，感覺到若失去這種環境，邁向自身視為目標的「根源」的道路就會遭到封閉。

與其說重視史夸堤奧家賜予的這份恩情的魔術師寥寥無幾，不如說多數人是基於身為魔術師的合理性思考，才會站在史夸堤奧家這邊。

從結果來看，史夸堤奧家在黑社會中以無與倫比的態勢躍進。

儘管其他還有幾個知道「魔術師」存在，並打算朝該方面下手的組織，但他們泰半想強行支配魔術師，結果不是反遭初步的暗示所利用，就是招致毀滅的下場。

最後史夸堤奧家族與部分政府人士勾結，其獲得的權力程度，足以參與史諾菲爾德的「計畫」。

甚至足以送一名身為主人候選人的魔術師參與虛偽的「聖杯戰爭」。

接著今晚——肉類食品加工廠的大門敞開，幾名男子踏入滿溢冷氣的場地。

接著，待在室內穿著相同服裝，神色可怕的人們，低頭對從外頭進來的成員致意。

「辛苦你們了。」

「……柯狄里翁先生怎麼了？」

「已經離開矯正中心，但還沒到這裡……」

像是小嘍囉的男子冒著冷汗答道，隨後跟上的人們則蹙眉。

「不去迎接他嗎？」

「法迪烏斯說史夸堤奧家的人跑到矯正中心來不好……所以連出獄都是先斬後奏……」

「嘖……政府的走狗……」

「真不好意思，現在年輕小伙子們正在找柯狄里翁先生──」

話說到一半，尖銳的破碎聲蓋過句子後半段。

「！」

男子們的視線轉向傳出聲音的方向──往工廠的天窗望去。

放眼望去，此處有破碎的玻璃閃閃發光地在半空中飄揚，彷彿將那份光輝裹在身上般──一名男子雙手抓住兩團物體後落下。

「什麼……」

落下的男子抓在手裡的，是兩名人類的臉孔。

他抓住的並非只有頭顱，兩人的頭部依然與身體連接。兩具軀體以被男子拖下來的形式從窗戶墜落，不出數秒撞擊到水泥地板。

「──唔！」

似乎還有一口氣在的兩人嘴裡吐出鮮血。

毫不在意數滴飛濺出來的鮮血噴到臉上，將兩名人類從窗戶拖下來的男子緩緩起身。

男子明明同樣從天窗墜落，卻一副沒事般，面無表情。

透過自碎裂的玻璃窗照射進來的月光，工廠內的凶神惡煞們看清男子的臉孔後，背脊頓時發寒。

因為他們在昏暗的工廠內，受到男子格外顯眼的渾濁眼神為之震懾。

一名雙手戴著黑色手套，流露嚴肅氛圍的男子。

然而，其雙眼卻欠缺「像人類」的感覺。

儘管他的眼神接近猛禽類或肉食動物，但與其說像正盯緊獵物，不如說其眼神飄散著似乎光靠瞪眼就足以使對方心臟凍結的氛圍。

「根本不是殺手中偶爾會出現的缺乏感情的冷酷殺人機器的眼神那麼簡單，而是那殺人機器中唯一棲宿的感情只有【殺意】，才能造就那種眼神」——這名男子銳利的眼神特徵，其程度足以讓史夸提奧家族首領迦瓦羅薩如此形容。

男子外表看上去年約三十至四十歲，外貌或許屬於端正一類，但那銳利如怪物的眼神能牢牢抓緊站在他面前者的靈魂。

不過，這些神色凶狠的人所畏懼的，並非他的眼神。

因為他們很清楚。

這名男子的內心遠比其銳利目光更加恐怖。

「柯……柯狄里翁先生！」

「……」

被喊到名字的男子，並未用視線回應周遭人的眼神，而是直接伸手進懷裡。

從懷裡掏出的物品，令倒在地上的人們瞪圓雙眼。

「難……」

對方雖然想說什麼，卻不被允許講完。

伴隨著噗咻噗咻的含糊聲響，附有消音器的手槍射出子彈，倒臥在地板上的兩人肉體逐漸遭到破壞。

即使確認過兩團肉塊已完全無法動彈，男子仍不解除警戒，繼續握緊手槍並俯視地面。

「請、請問……柯狄里翁先生，他們是？」

最初就待在工廠內的男子之一冒著冷汗詢問。

然後，被稱為柯狄里翁的男子維持著視線，用彷彿來自地獄最深處的低沉嗓音開口：

「……是蒼蠅。」

「蒼蠅？」

「可能有誰散發出了肉的氣味，他們就是嗅覺如此敏銳的蒼蠅。」

男子的措詞讓工廠內其他男子們驚訝，面面相覷地說：

「難道是其他魔術師的間諜？在覬覦柯狄里翁先生的令咒？」

「……收拾乾淨。」

「遵、遵命！」

那群神色凶狠，看似男子部屬的人，慌張地開始清理屍體與血灘。

男子態度淡然地對他們補充說明：

「外面還有。我已經鋪好遮蔽視線的結界了。」

「咦！有這麼多人嗎！」

神色凶狠的人們對犯下遭受敵對魔術師包圍，自己卻絲毫沒能察覺的醜態產生恐懼，男子則低聲告訴他們：

「有三十六人。」

「三……」

男子繼續對啞口無言的部屬說道：

「這裡有六人，外面有三十人。趕快處理。」

「好的！……咦？」

此處僅存在兩具屍體。

「難道在上面嗎？」

是指屋頂上還有四具屍體嗎？

神色凶狠的部屬們如此思索，當他們在想該如何將屍體從屋頂上搬下來時——

室內卻再度響徹噗咻噗咻的模糊不清聲響。

當所有人視線朝上的瞬間，男子的手槍再度噴竄火花，將早他一步進入工廠內的四名男子腦袋射出窟窿。

「什麼……！」

最初就待在工廠內的這群凶神惡煞一頭霧水，渾身僵硬。

「柯、柯狄里翁先生，您做什麼？」

「要小看我是無所謂。」

「啊？」

「不過，這間工廠是史夸堤奧家族的私有物。如果以為這點程度的偽裝就能進入這神聖的場所，對Ｍｒ．史夸堤奧是嚴重的汙辱。連活捉的價值也沒有。」

下一刻，化為新鮮屍體的男子們的臉孔開始扭曲，接著冒出截然不同的臉孔。

「！」

他們恐怕是偽裝成同伴的敵對魔術師。

真正的同伴們如今是否還存活，或者早已被收拾——連讓手下思考這類事的閒暇都不願給予般，這名短時間內殘殺超過三十名魔術師的男子，面不改色地告知神色凶狠的部屬們：

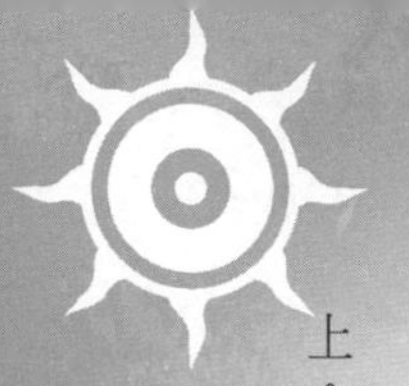

「……處理完『肉』之後，就來地下室。」

「已經收到觸媒了……我要召喚使役者。」

×　　×

史諾菲爾德　昏暗的某處

「巴茲迪洛・柯狄里翁。表面上是產業廢棄物處理公司的老闆，私底下的身分是史夸堤奧家族的幹部……」

聽到瞇細雙眼的法迪烏斯・迪奧蘭德的話後，待在他身旁的少女——法蘭契絲卡插嘴：

「更鮮少人知的身分是『史夸堤奧的毒鮫』——殺戮魔術師巴茲迪洛……對吧！背面的背面不是正面，而是另一張不同的面目，所以我才說這世間饒富趣味嘛！」

「只有麻煩而已吧。還有那稱號是怎麼回事，毒鮫還是殺戮魔術師這類的稱呼都沒寫在資料上。」

「這還用說，因為是我剛才取的。」

「這樣啊，那真是太好了。」

法迪烏斯斜眼一瞥在沙發上晃動腳並愉快談笑的法蘭契絲卡，看向手邊的資料繼續說道：

「至今疑似與他有關的殺人案超過一百二十五件，但每起案件都證據不足。雖然好像是靠著累積小罪才總算把他關進監獄，但他最初服刑的監獄，半年間就有三名守衛和二十六名受刑人『失蹤』。監獄內也變成史夸堤奧家族的派系色彩……真虧他們有辦法掩蓋這種情況。」

「應該是挑選有辦法掩蓋的人來抹滅吧？畢竟，他好像姑且是為了史夸堤奧小弟才留心隱匿魔術。搞不好他反而是乾脆利用身為幫派分子的惡評，來掩飾魔術師的身分喔。」

「他在魔術方面的經歷說慘倒也很慘……似乎是專精於相當扭曲的『支配』系統方面的家系。不是支配他人，而是著眼於『支配』自己的魔術……似乎跟強化身體不同，但細節不明。另外還精通被鐘塔輕視的東方咒術系統。」

法迪烏斯接在法蘭契絲卡後面唸出資料，瞇細疲勞的雙眼。

「他被懷疑與殺害複數魔術師的事件有關，而被鐘塔的行政科視為眼中釘……以某起事件為契機而與施蓬海姆修道院對立……在這過程中受到史夸堤奧家族庇護。」

「喔，是施蓬海姆啊～好像是剛好在那時候，下任院長行蹤不明之類的，所以情況整個亂成一團。要不然，即便是史夸堤奧也沒辦法包庇他呢。」

面對大笑訴說的法蘭契絲卡，法迪烏斯不禁脫口抱怨。

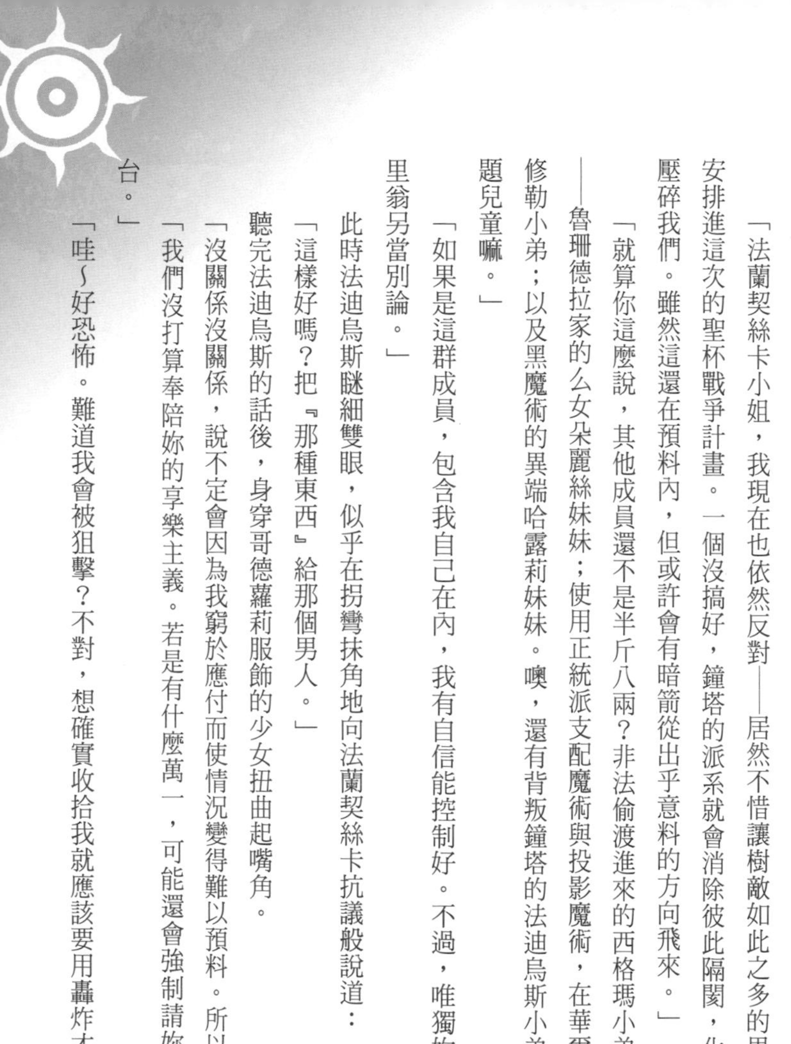

「法蘭契絲卡小姐，我現在也依然反對——居然不惜讓樹敵如此之多的男人出獄，也要將他安排進這次的聖杯戰爭計畫。一個沒搞好，鐘塔的派系就會消除彼此隔閡，化為一塊堅固磐石來壓碎我們。雖然這還在預料內，但或許會有暗箭從出乎意料的方向飛來。」

「就算你這麼說，其他成員還不是半斤八兩？非法偷渡進來的西格瑪小弟；強化魔術的極致——魯珊德拉家的么女朵麗絲妹妹；使用正統派支配魔術與投影魔術，在華爾街鬧出許多事的卡修勒小弟；以及黑魔術的異端哈露莉妹妹。噢，還有背叛鐘塔的法迪烏斯小弟！嗯，根本只有問題兒童嘛。」

「如果是這群成員，包含我自己在內，我有自信能控制好。不過，唯獨妳和巴茲迪洛·柯狄里翁另當別論。」

此時法迪烏斯瞇細雙眼，似乎在拐彎抹角地向法蘭契絲卡抗議般說道：

「這樣好嗎？把『那種東西』給那個男人。」

聽完法迪烏斯的話後，身穿哥德蘿莉服飾的少女扭曲起嘴角。

「沒關係沒關係，說不定會因為我窮於應付而使情況變得難以預料。所以這樣就好。」

「我們沒打算奉陪妳的享樂主義。若是有什麼萬一，可能還會強制請妳和巴茲迪洛離開舞台。」

「哇～好恐怖。難道我會被狙擊？不對，想確實收拾我就應該要用轟炸才對？」

法蘭契絲卡面對沒絲毫打趣意思的法迪烏斯，只像個聽到玩笑話的孩子般輕聲笑著。

即使理解對方的話不只是單純的威脅，她依然興奮到臉頰略微泛紅。

「不過，或許這樣也好。陪你們玩玩，對我來說也是其中一種選項喔！我壓根就沒愛國心，再說我根本不是在美國出生長大的呢！」

「……」

由於這番話聽起來不像開玩笑，法迪烏斯讓魔力流竄全身的同時悄悄觀察對方態度。

看穿法迪烏斯提高警戒，法蘭契絲卡刻意毫無防備，在沙發上翻來滾去。

「據說過去神代聯盟和最後的金狼彼此廝殺時，關係到一個國家存亡的緊要關頭呢。所以玩樂時果然還是要像這回的聖杯戰爭一樣豪華才行！啊～光想像我就興奮起來了！美利堅合眾國與美少女魔術師的對決！真不錯！」

「一點也不好。而且，請妳別有憑個人就能戰勝我國這種不自量力的想法。我聽說實際上妳過去也曾兩次被機關『消除』吧？」

「對喔，嗯！被消除了被消除了！還挺痛的耶，以量取勝果然可怕～」

法蘭契絲卡滿不在乎地提起自身曾被國家收拾掉一事。

「……我實在無法理解。不論是歷時數十年後，再度與妳聯手的政府的考量，還是和渴望消滅妳存在的政府聯手的妳的神經。」

「這不過是代表你的上司認同我的實力，而我也不在乎那些細枝末節，就只是這樣而已吧？再說我早就習慣肉體被殺害了。」

「我自認很清楚妳的存在方式，但這發言還是令人難以置信。」

「肉體被殺對我來說根本算不上絕望。說到底，能在真正意義上殺死我的，就只有一個人而已。哎，雖然殺死過我肉體的人不少，但能讓我無言以對的人就屈指可數了。」

她似乎在緬懷過往般仰望虛空，接著邊笑邊發出嘰嘰聲地磨牙。

「我想想喔，首先是基修亞那位老先生吧？再來是享樂主義的聖傑曼、存活於悠久的童話魔女……啊，現在已經是『曾經存活』於悠久了吧？還有就是摩納哥的有錢吸血種……在某所學校使用超級古老方言（偽神之書）的老師……說到老師，再來就是我的魔術師父們了吧……」

即使是精通魔術世界的深淵之最的法迪烏斯，聽到都覺得「在開什麼玩笑？」的名字與單詞接連堆砌出來。然而，最後從法蘭契絲卡口中跑出的綽號，聽起來才令法迪烏斯感到分外強烈。

「對喔！還有她！傷痛之赤（scarlet）！」

「……在本人面前提到會被殺的。」

這個名稱是地位遠高過法迪烏斯與朗格爾的天才人偶師，也是鐘塔最厲害的魔術師之一所擁有的，包含了汙衊與敬畏之意的特殊別稱。在某種程度上，該別稱在隸屬鐘塔的魔術師之間很有名，同時也是被視為絕對禁忌的詞彙。

最終獲得王冠之位——抵達「冠位(Grand)」的女魔術師榮獲鐘塔所賜予的，應該說是稱號的「顏色」。然而，她既沒得到自己渴望的「青」之稱號，也沒能抵達三原色的「赤」，僅獲得勉強算相近的顏色，不過——

她異常厭惡這個被人挖苦而獲授的綽號，據說在她面前如此稱呼她的人，毫無例外都會被殺。

法迪烏斯很清楚。

這並非單純的傳聞，而是無庸置疑的事實。

——不，不過……如果是法蘭契絲卡小姐，就算在本人面前也會提吧……

或許是推測出法迪烏斯的想法，法蘭契絲卡哈哈大笑。

「嗯，我也不例外喔，在本人面前提起後，被殺死好幾次呢！」

法蘭契絲卡放聲大笑完後，有點不高興地鼓起臉頰。

「唉，真的很慘呢。那傢伙呀，實在纏人又陰險，破壞人家的工房後還把自己中意的魔術用具搜刮殆盡，而且她要是反過來被我殺死的話，就會啟動設置在體內的■■■■■，然後本人就一臉泰然自若地復活。差不多被殺了三十次左右，我就拜託那女人的家人來居中調解，但……」

或許法蘭契絲卡也和那個「家人」間出過什麼事，因此才嘆氣後搖頭。

「結果最後我又被殺了一次，當時還被威脅說『別再到我面前讓我看見那扭曲的魔術迴

路』！於是我才變成現在這具身體。」

儘管法蘭契絲卡恢復笑臉，露出媚惑笑容地說著「如何？」並扭動身軀，但法迪烏斯連眉毛都不挑一下便拋出自己的疑問。

「妳大概是在三年前換成這具身體的吧。當時高層提議要僱用『她』時，妳堅決反對的原因就是源自於此嗎？」

「嗯，這也是原因之一啦……但她無論如何都會拒絕吧？她只會做能配合自己興趣的事，而且出身的家系好像也是比起金錢，更重視感興趣與否。對了，如果委託她『要不要試著製作讓英靈獲得肉身的人偶？』搞不好就會幫忙呢。」

聊完眼下與聖杯戰爭並無直接牽扯的魔術師們的事後，笑容忽然自法蘭契絲卡臉上消失。

「這話由我來說或許很怪，但那個傷赤妹妹的人偶同伴確實能完美複製記憶，甚至到讓人懷疑是否連靈魂都複製了的程度。」

「她該不會……」

法迪烏斯聽完少女的話後，原本似乎想說什麼，卻蹙眉閉口不語。

然而法蘭契絲卡將他欲言又止的話，清楚說出口。

「該不會抵達了第三魔法的境界是吧？哎，若真是這樣，那我們所做的一切就全都變成鬧劇，但我會非常開心就是了！啊哈！」

法迪烏斯於再次嗤笑出聲的少女面前更用力蹙眉並嘆息。

「根本沒什麼好開心吧。別說國家了，這簡直是魔術世界的損失。」

「沒問題啦。第三魔法不久後肯定就不是魔法了。應該說，『將第三魔法拽下到魔術的層次』……你是不是忘記這是你們的最終目的啦？」

「……我們的？不是妳的嗎？」

「雖然是目標，但只不過是中途的必經階段喔。這場聖杯戰爭本身也是，我想只要星之開拓再進展幾個階段就能重現。所以我會盡可能多發動幾場聖杯戰爭，你們就努力解析它的模式吧。」

聽到法蘭契絲卡以某種慈愛而溫柔的口吻開口後，法迪烏斯瞪圓雙眼說道：

「我還以為妳的目的肯定是成為第三魔法的使用者。」

於是法蘭契絲卡笑著說「你很意外吧？」接著在沙發上伸腿後猛力起身。

「嘿咻……哎，傷赤妹妹姑且不提，憑我的資質根本就辦不到這點……而且事到如今就算我這個魔術師成為魔法師也很無趣吧？」

「……真不像是剛才說別人是『享樂主義者』或『不感興趣就不會出馬的家系』的人會講的話。」

「我可沒說我不是這種人喔。不，跟那兩人相比我還算可愛的吧。」

「……」

法蘭契絲卡面對過於錯愕乃至無言以對的法迪烏斯，露出有別於原先充滿天真無邪氣質的笑容，掛起老成而妖豔的微笑後開口：「人類能重現的魔術不錯。不過啊，定義出人類極限的魔法還是沒有的好。我如此堅信，也相信會愚昧地去挑戰那道障壁就是人類的本質。」

接著，她輕輕闔起雙眼。

彷彿讓思緒奔馳在即將開始的「慶典」的將來。

「即使其根本是無止盡的善意……或不知極限為何的惡意。」

×　　×

肉類食品加工廠　地下

「懇請你答覆我的問題，魔術師。」

「偉大的英雄」。

抑或是甚至將該詞彙棄置於彼岸的「某種事物」。

「你是即將成為我的主人並賦予試煉者嗎？」

僅能如此形容的存在，顯現於鋪設好幾層結界的肉類食品加工廠的地下室。

召喚出此人物的男子——巴茲迪洛．柯狄里翁淡然答道：

「這不該由我決定，而是你來決定吧。」

另一方面，身為巴茲迪洛手下的穿西裝的魔術師們，不僅全身冒著冷汗，就連自身魔術迴路都在顫抖。

因為他們只見一眼就理解顯現於現場的存在，與自身所處是不同次元的「某種事物」。

首先其軀體就超越人類樣貌的極限，外觀可謂是神所雕刻出的雕像。

身高甚至超過兩公尺半，髮梢還幾乎擦到天花板。

雖說是筋骨隆起的魁偉男人，但他每一條肌肉纖維，以及每滴流動於血管內的血液皆充滿足以稱為神氣的純粹體內魔力。魔術師們心想，光靠那具肉體，別說是半吊子的魔術，就連需要靠數人才能發動的大型魔術恐怕都能輕易消去。

他是僅憑流露出的氣質就能支配現場氣氛，區區數秒的言行就能讓見者感受到其為何等神聖莊嚴的存在。

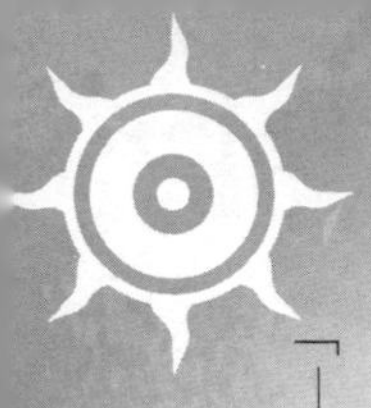

假如這名英靈發狂，他們肯定毫無招架能力，再者無論這名英靈想做什麼，他們必定會因為他的行為一定是正確的而接受其作為。

巴茲迪洛的部屬們因為顯現於眼前的完美神姿，甚至陷入此種妄想。

實際上，這名英靈不出數秒即可赤手空拳殘殺室內所有人類，但相較於其肉體與魔力所透露的壓力，本人只是展現紳士風度與沉穩態度地佇立工房中央。

這點反倒令他們感受到該英靈的存在超出了常理，除巴茲迪洛以外的魔術師們，腦髓持續因想逃離現場的衝動而動搖。

他們心想，此處不是自己這種低等魔術師能待的地方。

以及自己如今正目睹不該看見的存在。

然而，任誰都沒從現場挪動分毫。

壓抑因恐懼而產生的衝動，是更勝前者的恐懼。

巴茲迪洛還在現場，他們不能先逃跑。

理由僅止於此而已。

「────」

「────」

巴茲迪洛似乎和英靈有所交談，內容卻傳不進男子們耳裡。

遠遠超越人類的存在，與身為他們支配者的男子的對話。

當他們好不容易聽清楚時，英靈沉著一張臉。

身為他們上司的巴茲迪洛在明顯不高興的英靈面前，依然面無表情地提問：

「怎麼了？快回答問題。」

「……」

「我在問你【為了在鬥爭中獲勝，你有辦法對年幼的孩子下手嗎】？」

「不可能辦到。假如有人對我下這種命令，此人即是我的敵人。」

表情自臉上消失的英雄口中響徹沉重的說話聲。

「你是……在測試我嗎？」

言語伴隨不得而視的壓力化為風掃過地下工房。

若是尋常人類，光是正面承受此等與魔力不同的純粹壓力就丟掉小命也不足為奇，如此沉重的氣息剝奪了魔術師們四肢的自由。

「既然從你的語氣聽來似乎知道我的來歷……容我判斷你那番話是賭上性命所說。」

對正好在現場的魔術師們來說，這句伴隨此等壓力所說出的話，聽起來等於宣告死刑，他們

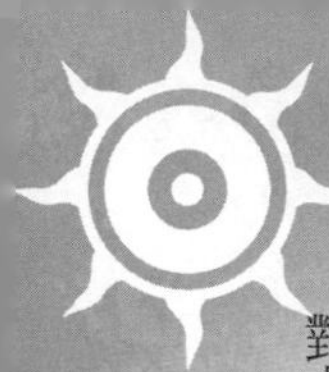

已經做好自己會受巴茲迪洛牽連而被殺的覺悟。

即使如此，從他們心底浮現的想法並非對上司的憎惡，而是參雜死心的恐懼。

接著，那名上司面對這股幾乎要搗毀整個房間的壓力，連眉頭也不挑一下，反倒露出與人類差距甚遠的眼神回瞪對手並答道：

「當然，我的命早在很久以前就捨棄了。」

接著，在他高舉左手的同時，其手背上的花紋閃爍光輝。

「我以令咒命令你——」

「……真膚淺。」

英靈判斷對方打算靠令咒迫使自己服從，因此搖頭。

來自令咒的束縛不過是暫時性的。英靈判斷只要自己有魔力，就能輕易甩開這道束縛。他判斷即使三道令咒全都用來命令他自殺，區區三次的自殺對他來說根本不成問題。

不過，既然這樣會使對方明白以令咒束縛他毫無意義而了解自己的立場，他選擇刻意不妨礙對方，好消耗一道令咒。

畢竟召喚出的那名英靈實在太過高潔。

假如是面對危險會不擇手段的英靈，就會在對方發動完令咒前，折斷對方的脖子或者彈飛頭顱。假如這名英靈是以騎兵或刺客職階受到召喚，肯定會毫不猶豫地這麼做。

但是，由於這次的召喚情況是三騎士職階其中之一，這名英靈作為「無懈可擊的大英雄」而讚頌他那敘事詩般的一面過於強烈，因此性情上也懷有某種類似騎士道的品格。

這點令超越人類智慧的大英雄產生某種致命空隙。

因為巴茲迪洛利用令咒所下達的命令，並非逼英雄發誓要服從自己。

「──『別掩蓋』。」

「唔……」

英雄出聲的同時，巴茲迪洛的一道令咒閃耀光輝──其濃密的魔力侵蝕了英雄的腦髓。

──怎麼可能。

英雄的魔力就算將昔日的聖杯戰爭含括在內也屬頂級，先不論神代的魔女們，照理說他不該受到現代魔術師的精神干涉才對。

然而，雖說是透過令咒，眼前魔術師的「某種事物」卻開始劇烈動搖自己的腦髓。

英雄回想起昔日自己也曾經歷過類似的侵蝕。
是比自己更上位的存在貫穿而來的，深淵的詛咒。
而眼前的男子正朝自己釋放與其同質的某種事物。
「你這傢伙……做了什麼……」

「不必隱藏罪孽或悔恨，徹底掏出你的肺腑，讓我看清你的一切。」
巴茲迪洛依然面無表情，以猶如從地獄深處響起的聲音對英雄拋出「誘惑」的言詞。
「我需要的不是你身為英雄的力量，而是為達目的不擇手段的貪婪。即便最後抵達的終點是高潔之道，也能毫不猶豫地選擇狠毒手段，我需要的正是身為一個人類的執著。」
巴茲迪洛對靜止不動的英靈如此輕聲說道，隨後再度舉起左手。

「我再次以令咒命令你──『回想起你見識過的【人類們】』。」

這句話是否有特殊含意？
或者含有詛咒性意圖？
撼動英雄耳朵的命令，依然是化為魔力集合體的令咒，甚至浸染至腦髓深處。

在視線忽明忽滅的過程中，英雄想起生前見過的形形色色人們的臉孔。

雖然其中還有蘊含神的淡薄血脈者，但在他面前同樣只是【區區人類】罷了。

典型的膽小暴君，邊軟著腿邊嚎啕大哭說道：

——【我知道了！就讓我讚揚你！讓我以王之名讚揚你吧！】

——【所、所以，別再繼續靠近我，死怪物！】

以高傲態度為特徵的金髮男子說道：

——【原來如此，你是「　　　　」嗎？】

——【太美妙了！真羨慕！你的確是如傳聞所說的怪物！】

——【儘管放心吧。我在利用你時，會好好優待你的。】

——【我……只有和本人在一起時，你才不會是怪物。】

——【是保護未來之王的大英雄。】

心愛的女性自己選擇死亡時說道：

——【你一點錯也沒有。】

——【所以，請你別憎恨世界。】

——【請你別憎恨自己的血統。】

——【你很強悍，所以肯定能辦到。】

——【但我辦不到。】

扭斷理應是敵兵的男子頸項，將其投進火焰的前一刻，那名男子說道：

——【父親……】

與相遇的順序無關，一道又一道人的身影重疊又消逝。
彷彿為了呼應這點，非比尋常的魔力量透過令咒注入。
——怎麼……可能。
——根本不是這時代的人類該擁有的魔力量！
——這正是屬於我們時代的……宛如魔女……

稀世的大英雄平靜地當場屈膝。
在這片難以置信的光景前，巴茲迪洛的魔術師手下們感到困惑。
毫無疑問是截然不同次元的存在，竟然在身為他們上司的魔術師面前痛苦不堪。
主人與使役者的關係。
任誰看見都能理解，這副景象並非光靠這句單純的話就能解釋清楚。
然而，此事需要付出明確代價卻是昭然若揭。
在聖杯戰爭中，令咒足以稱為主人的生命線。能強行控制與命令使役者，甚至用來瞬間轉移或緊急避難等，只要對象是使役者，即可辦到接近魔法行為的王牌，三道中已經消費掉兩道。
一想到剩下的一道令咒，勢必得考慮到使役者可能背叛而必須留下，巴茲迪洛等於已經沒有能用在這場聖杯戰爭中的令咒了。

魔術師們因為此等決定性的不利條件而不安，話雖如此，既然是巴茲迪洛就肯定能想辦法解決——這種心懷恐懼卻同時抱持著某種信賴感的情況，令魔術師們的精神得以安定。

然而，那份安定不出數秒便崩潰。

「我再度以令咒命令你——」

那句話這次確實令地下工房的魔術師們徹底僵硬。

召喚的同時竟然消耗掉三道令咒。

在他們眼前的上司做出只要知曉聖杯戰爭，就連孩童都不會犯下的愚行，這次魔術師們確實覺悟到自己即將死亡。

另一方面，受召喚的英靈壓抑著侵蝕自己的魔力，同時也做好覺悟。

——這名魔術師，很危險。

英靈不認為巴茲迪洛消耗掉最後的令咒是愚蠢的行為。

雖然沒有表露神情，但這名魔術師正賭上性命——他察覺到對方想讓身為英靈的自己變質成其他別種事物。

——不論他會用最後的令咒下達何種命令，都必須排除這男人。

英靈無法掌握侵蝕自己的力量的真面目。

但若沒處理好，這股侵蝕或許會波及其他被聖杯戰爭召喚來的英靈們。

大英雄拚死壓抑從自身內部泉湧而上的「來自生前的詛咒」，同時仍保持高潔。

——必須由我來制止。

——阻止在這個時代囂張跋扈的邪惡暴君。

即使是尋常英靈早就發瘋也不奇怪的精神汙染正在侵蝕的過程中，這個大英雄卻非只顧保全自身，而是為了素昧平生的其他英靈，乃至居住在這個時代的人們而伸出手。

即使被稱作惡毒也無所謂，即使被稱作對主人動手的狂靈也無所謂。

這名被譽為英雄中的英雄的男子，不惜捨棄自身一切名譽，也要為了未曾謀面的某人，下定決心擊斃眼前的魔術師。

然後，就在他掙脫所有精神汙染，手即將抵達魔術師頸項的瞬間——

彷彿在嘲笑英雄的高潔般，巴茲迪洛已經消耗掉最後的令咒。

「——『去接受……地上（人的）的衣裳（本質）吧』。」

除巴茲迪洛本人外，工房內的所有人全都看見「那個」。

令咒盡數消失的巴茲迪洛的左手腕。

從該袖口得以窺見不同於令咒的紅黑刺青——

簡直像陰森詭譎的生物開始蠢動的那瞬間。

×　×

昏暗之中

「那麼，我先告辭了。我還必須去替召喚做準備。」

「嗯，好喔～我也想一個人仔細欣賞阿特莉亞妹妹被召喚過來的景象呢～」

法蘭契絲卡說著的同時從沙發移到床上，雙腳晃來晃去地如此說道。

法迪烏斯看見她這副模樣，最後再度給予一次忠告。

「法蘭契絲卡小姐，我已經相當明白妳穿梭過多少殘酷戰場了。不過，像我這種外行魔術師，果然還是不得不擔心。」

此時法迪烏斯一度瞇細雙眼，絲毫不隱藏對名喚巴茲迪洛的男子的敵意並說道：

「……把『那個』交給那男人真的沒問題嗎？」

「你有這麼不滿？可是，用那個觸媒召喚英靈時，所需耗費的最大魔力量，連我都擠不出來喔！不是巴茲小弟和史夸迪奧家的搭檔就辦不到。」

「我不是在講觸媒，而是指妳從冬木帶來的『副產物』。」

於是法蘭契絲卡「哦～」地頷首，露出壞心眼的笑容說道：

「我也沒辦法呀，應該說既能控制『那個』，還能好好保持自我並使其『增加』的人，就只有我和巴茲小弟而已……」

「而且我呀，很討厭一直接觸著那麼不可愛的『汙泥』呢！啊哈哈！」

×　　×

肉類食品加工廠

那是一副異樣的光景。

與令咒的魔力同時流進的某樣紅黑色物體，正侵蝕著英靈的身軀。

彷彿在對抗該物體的英靈釋放魔力，使鋪設於工房的結界消失半數以上。

數名魔術師面臨無法應付的魔力，引起痙攣後倒地。

巴茲迪洛全身暴露於此股魔力洪流中，依然以銳利眼神瞪住英靈。

「盡情地……去祝賀、去讚賞、去愛『那些傢伙』否定的事物吧。」

朝向英靈的左手不僅釋放出令咒的力量，還有自身儲備的魔力。

甚至動用到被鐘塔視為異端的東方咒術，將從自身手臂伸出的紅黑色「某物」持續擰進英靈體內。

靠咒術闖進英靈用以防範魔力的障壁，直接讓如影子般蠢動的紅黑色「某物」侵蝕。扣除使用咒術的魔力，從巴茲迪洛身上持續釋放的魔力總量多到平常難以想像的程度，英靈認為其中應該有某種機關，但他已經沒有去揭穿機關的從容。

英靈像抓撓全身般環抱己身，這種痛苦令他想起成為自己死因的毒引發的苦楚。明明兩者應該不同，本能卻把他對那種毒的苦楚自回憶拖出。他的本能在嘶吼，聲稱流瀉進來的力量有同等程度的危險。

英靈按捺著言語難以形容的痛苦，同時拚命想要壓抑從內外推動自己的「衝動」，但是——

下個瞬間，巴茲迪洛送進來的「汙泥」，與內含著構成自身的業障之一的「詛咒」彼此糾纏，

膝蓋跪地的英靈發出震盪空間的嘶吼。

「「「———————————————!」」」

他的身體以呼應咆哮的形式產生劇烈變化。

才以為紅黑色汙泥包覆了英靈全身，其肌肉便從健壯的四肢上削離，骨骼本身更形同萎縮般，身高也縮短五十公分左右。

包覆身軀那類似「汙泥」的物體則維持原樣直接化為染料，將英靈的皮膚暈染成紅黑色。

接著，在心臟附近與「汙泥」攪拌在一起的別種力量化為白色染料，烙出猶如挖出心臟的傷痕般的放射狀花紋。

同時英雄的嘶吼恰巧停止，隨後輕巧地像沒事般起身。

巴茲迪洛面對此般英靈，維持高舉的左手開口詢問：

「排除多餘部分的感覺如何？接下來那汙泥應該就能成為替代的力量吧。」

「……」

巴茲迪洛淡然詢問默默看向自己的英靈。

「既然通道已經連結……就由我這邊提問吧。」

他瞪向即使身材萎縮，朝依然高出自己一顆頭的英靈開口：

「我問你，你是我的使役者嗎？」

經過短暫的沉默，英靈給予答覆。

「……好……吧……」

他攤開原本披在肩膀上的布料，蓋在頭上遮住自身臉孔。

「為了達成我的復仇……我就利用你吧。等你失去利用價值後，我就親手擰斷……你這傢伙的腦袋。」

只見英靈做出奇妙的打扮，接著講出難以相信是差點發瘋之人所吐露的，理性卻危險的言詞。

巴茲迪洛依然面無表情地向他提問：

「為何要遮住臉？」

「……是規戒。為了不再使『人之業』入眼。」

「……喔，這樣啊，那塊布料是『那玩意兒』的皮嗎？反正只要你能自由活動就不成問題。」

「就是這麼回事……無論如何，我都沒打算讓這張臉在這世間曝光。直到借助聖杯的力量，

驅逐我那『遭人忌諱之名』為止。」

靠聖杯的力量消去「名字」。

巴茲迪洛對訴說如此奇妙言論的英靈發出嗯一聲，隨後用手撐起下顎說道：

「既然如此，你的真名該如何稱呼才好？既然變質得與原本姿態相去甚遠……Alternative……就叫作『奧爾特』如何？」

於是英靈輕輕搖頭，說出自己的真名。

說出與受到召喚時變質到截然不同，卻是其原點的真名。

「我的名字是————————」

×　　　×

以肉類食品加工廠一事為開端，在那天夜裡，約略在劍兵於歌劇院顯現的前後時間點，複數英靈降臨至史諾菲爾德這座城鎮。

照預定召喚出英靈者、召喚出理應不可能受到召喚的英靈者，還有甚至來不及看清自己召喚出的英靈便殞命者。

當主人們與召喚出的英靈各自撥弄彼此的命運時，召來全體英靈的「虛偽聖杯」暫時陷入沉眠。

為了能向追尋己身的勝者，獻上化為獎賞的自己。

拿英靈們牽連整座城鎮的宴席，代替小睡時刻聆聽的搖籃曲。

幕間

「受難的無名士兵」

——差不多已經是其他魔術師們召喚完英靈的時刻。

西格瑪看見東方天空開始泛白後，大口吸氣後關上洋房窗戶。

接著他踏入位於地下室那間他人的工房。

結界類的障礙早已排除，因此沒有任何事物能阻擋西格瑪舉行儀式。

西格瑪邊走向地下室邊思考。

——真的是我能召喚出的東西嗎？

——再說英靈又是什麼？是基於什麼才會被「台座」選中？

自己不過是會使用魔術的傭兵。

原本效力的政府毀滅後，自己便被毀滅該政府的人撿走，他們不過是這種關係。

根本就不具備特殊能力的自己為何會被選中。

他一邊思考著這種事，同時肅穆地進行舉辦儀式的準備。

他根本不曾想過替政府報仇。

年幼時他接受過各種入門魔術訓練。

當判斷出他在差遣使魔方面的能力見長後，即被徹底灌輸關於這方面的魔術訓練與武具使用

方式，一有空閒還會拚命告訴他「政府是如何有能，是何等絕對的存在」——但自從政府輕易輪替的那刻起，他便理解這一切全是謊言。

沒有任何事物能信任。

在見識過僱主的魔術與法迪烏斯的部隊訓練後，就連自身本領都只像是不可靠且含混不清的事物。

正因為如此，他才會思索。

幾乎沒有信仰心可言的自己，適合參與互相爭奪「聖杯」這種玩意兒的鬥爭嗎？

西格瑪清楚理解「聖杯戰爭」的意圖。

能實現一切願望的願望機，作為其根基的聖杯爭奪戰。

然而，西格瑪卻沒能完全理解該「願望機」的概念。

畢竟在他心裡，就連「願望」這概念本身都相當稀薄。

你有什麼能向聖杯許的願望嗎？當西格瑪耳聞僱主如此詢問時，竟窮於答覆。

他並非沒有慾望，硬要說的話即是安眠與用餐。

但他真的有渴望前述兩者到將自己的未來依附於聖杯這種外部裝置嗎？

再說，假設叫「聖杯」的玩意兒真的能永久提供餐點，那對聖杯究竟又何好處可言呢。

假使有毋須回報的供給，那對西格瑪而言，只會是無法理解且詭異至極的產物。

但也僅是產生疑問，他並不打算刨根究底。

情感淡泊的青年只是平淡地繼續完成分內工作。

不過是為了能獲得安眠與每日的餐點。

畢竟對他出生成長的環境而言，這些事物才最為寶貴。

「降臨之風以壁隔之，緊閉四方之門——」

不曾相信神或奇蹟，甚至自身力量的青年，為了達成等同神蹟的奇蹟——「召喚英靈」而詠唱咒文。

沒有堅持與慾望，僅僅如同機械般讓魔力流竄自己全身及舉行儀式的場所。

「從抑止之輪現身吧，天秤守護者！」

儘管沒特別灌輸力量，但抵達結束詠唱的階段時，全身的魔力卻被急遽抽出，令他不禁苦悶地喊出聲。

不過，這無疑是魔力流向儀式中心的證據。

即使西格瑪看見周圍開始散發光輝，內心也並未動搖。

有的只是因為魔力被抽走而產生的疲勞感。

青年望向魔力之光捲起的漩渦，極為冷靜地重新確認自己佇立的位置。

自己在這場「聖杯戰爭」中，不過是僱主為了湊數才準備的棋子罷了。

最好的證據就是僱主沒讓自己拿任何觸媒。

——「其實我原本也預定幫你做很多準備喔。」

——「像是黑鬍子的財寶，或是帕拉塞爾蘇斯那傢伙的燒瓶和英雄斯巴達的手銬。」

——「可是呀，我不禁想了一下。」

——「在沒有任何觸媒的狀態下，若讓『城鎮』挑選英靈，究竟會跑出什麼呢？」

——「配合這座城鎮紛亂的狀況，究竟會吸引什麼過來呢？」

不知道會發生什麼事。

自己懷抱這份不確定因素所做出的愚行，令僱主邊露出出神笑容邊以宏亮嗓音說道。

——「雖然我不會讓調停者過來，但說不定又真的會過來喔。」

——「不過即使沒有觸媒也能召喚。出現的英雄搞不好會很接近召喚者的性質。」

——「所以，『什麼都沒有』的你最好。」

──「沒有任何想向世界許下的願望，也不打算留下什麼……」

──「正因為是你這個一點也不像英雄的『士兵A』，才能維持單純的狀態吧。」

──「說真的，僅由虛偽聖杯以聖杯的意志來挑選……究竟會跑出什麼呢？」

──「不過，如果什麼都沒出來……嗯，其實你想逃離這座城鎮也行喲。」

簡言之，就是為滿足僱主好奇心才準備的棄子。

即便出現派不上任何用場的英雄也無所謂。

──假如真的出現派不上用場的英靈，那該怎麼辦才好。

能至少請對方擔任聊天對象嗎？

不過，縱然對方是昔日聲名遠播的英雄，他也無話好聊。

西格瑪懷抱著這份冷淡的思緒，一邊繼續等待光輝與魔力的洪流沉靜下來。

實際上，他在這場聖杯戰爭中未曾受任何人矚目，不過是區區棋子。

不過是連名字都沒有，僅拿「Σ」當識別記號的存在。

就連僱主法蘭契絲卡，對他都只有「如果能引發某種有趣的不確定因素就好」這種程度的認識，內心也只想說「畢竟是中意的棋子，若能活下來就算賺到」而已。

畢竟名喚西格瑪的青年在這場虛偽的「聖杯戰爭」中，只是連魔術師都算不上的「士兵A」罷了。

直到召喚儀式結束的瞬間為止。

×　　×

史諾菲爾德　大森林

「……」

擁有最高級別「感知氣息」技能的恩奇都，察覺到某種「異變」。

然而，恩奇都不認為該「異變」的起因是出自召喚英靈。

他略微半眯起雙眼，滿臉歉意地俯視地面。

「有點……惹他生氣了嗎？」

能聆聽這句話的對象，只有蹲在英靈身旁的銀狼。

恩奇都的話語就在無人能理解其含意的情況下，被吸入森林的樹木間。

×　　×

沼澤地宅邸　地下

「……」

待光芒褪去後，儀式祭台前並未出現任何人物。西格瑪緩緩掃視周圍後，發覺屋內角落椅子上出現一道影子。

坐在那張老舊椅子上的，是持手杖的初老男性。

對方有一頭灰髮，還有一道從臉頰縱向延伸至衣襟位置的誇張疤痕。

儘管此人就長相而言，已經是判斷為老人也不足為奇的年紀，但一看見那壯碩的肩頭，就不禁產生對方是現役海軍陸戰隊的感覺。

對方最明顯的特徵，即是安裝在其中一條腿的膝蓋下方的白色光滑義肢。

「……」

西格瑪保持警戒，一邊緘默不語地觀察老翁。

老翁確實有威壓感，但要稱為「英雄」感覺又不太對勁。

服裝也比西格瑪想像中更近代，至少看上去不像神話或中世紀故事中會出現的古代人。

比起厭倦出聲的西格瑪，那名老翁率先開口：

「你就是聖杯戰爭的主人嗎？……哼，真是缺少霸氣的長相。」

「……你是什麼人？」

「我嗎？你就稱呼我為船長吧。不過，稱呼也很快就會失去意義。」

「？」

西格瑪內心因對方拐彎抹角的說法而不解。

——失去意義是什麼意思？

——……總之，當務之急就是正式締結契約。

先確認過對方的身分再提出疑問的西格瑪，決定總之先答覆英靈最初提及的問題。

「……我確實是從召喚儀式中召喚出你來的主人。」

於是，老翁嘴角浮現凶惡的笑容後搖頭。

「呵呵……小鬼，你似乎誤會了。」

「？」

答覆充滿困惑的西格瑪的人並非老翁。

「我們不是被你召喚來的。」

西格瑪聽見忽然自背後傳來的說話聲後，猛烈轉回身。
同時從槍套拔出手槍來瞄準待在身後的人影。
「是誰？」
西格瑪邊提問邊確認對方的模樣，發覺是名樣貌異常的少年。
少年雖然穿戴從肩膀橫跨至後背，類似機械機關的翅膀，但那卻是令人毛骨悚然的翅膀骨骼，上頭隨處沾著蠟與白色羽毛。
少年的裝扮硬要形容的話，看上去反倒像古老神話時代的人物，於是西格瑪心想「難道這人才是英靈，剛才那名老翁只是入侵的魔術師」，因此往老翁的方向投射視線——
但原本的位置已不見老翁蹤影，現場僅殘留沒人坐著的椅子。
少年棄陷入混亂的西格瑪於一旁，露出苦笑說道：
「我呢……以你的感覺來說，就只是個逃犯。」
「什麼意思？……！」
說話聲使西格瑪產生反應而向後看，卻不見原本說話者的身影。
取而代之是從不同方向，又響起不同男子的說話聲。
「我們並非由你召喚出的英靈。只是作為那名英靈的影子，投影在你周圍而已。」
待在門前的是身穿白色服飾，年約十幾歲前半的少年。他持有的手杖上纏繞一條表情沉穩的蛇，而蛇的臉正轉向西格瑪並嘶嘶吐舌。

「小孩……？」

「哦，抱歉。這是我用梅杜莎的血在自己身上進行臨床試驗造成的影響……你不必太介意。我也是影子，很快就會消失。」

接著，微笑少年的身影如霧靄般淡化，隨即直接消散於空氣中。

——怎麼回事……？

——發生什麼事了？

「小哥，運氣真差啊～你已經逃不掉了。如果小哥是可愛的女生，那我還願意努力讓自己以英靈身分顯現。」

又是不同的說話聲。

「老夫們根本不是英靈。不僅無法使用寶具，別說刀，甚至一根筷子都拿不起來。」

更多不同的說話聲。

「你糟的只有運氣與緣分。正因如此，你才會招來無可救藥的苦難。」

好幾道不同的說話聲於地下室出現又消失，說著意義不明的話玩弄西格瑪的內心。

「可是呀，我們對你充滿期待喔！——期待你能成為貫穿一切的槍兵。」

聽說獲得令咒棲宿而成為主人者，能夠看見英靈的狀態。

但他卻無法讀取那群疑似英靈者的任何資訊。

然而，明明沒有締結契約，卻能明確感受到「某物」連繫著魔力通道的感覺。

——話雖如此，魔力似乎也沒被吸收。

面臨尋常人可能會慘叫的狀況，原本就感情淡泊的西格瑪，僅露出稍微困惑的神色詢問眼前那群現身又消失的「自稱影子」。

「我會成為槍兵是怎麼回事？在那之前，你們到底是什麼人？結果到最後我還是不知道你們是什麼職階的英靈。」

於是，椅子上再度出現自稱「船長」的男子，表情嚴肅的臉孔上更蹙緊眉頭並答道：

「這個嘛，雖然有點語病……」

「或許應該稱呼為……職責為總在作壁上觀的……【看守(Watcher)】吧……」

第七章

「第一日　午後①　半神們的卡農曲」

夢境中

「太陽公公好暖和好舒服呢！黑漆漆先生！」

此處為椿所作的史諾菲爾德的夢世界。

繰丘椿坐在遇見了好幾隻動物們的庭院草皮上，以天真無邪的嗓音說道。

然而被稱為「黑漆漆先生」的異形存在——蒼白騎士全身都縮在庭院樹木的陰影下。

「咦？黑漆漆先生，討厭太陽公公嗎？」

騎兵彷彿在答覆椿的提問，渾身猛烈打哆嗦。

『有一點討厭。』

椿從漆黑團塊的動作中，總覺得他是這麼說——但椿心想或許是自己的錯覺，因此直接出聲喊騎兵。

「覺得很難熬的話，要不要進家裡？」

從初次見面以來，被稱作「黑漆漆先生」好一陣子的騎兵沒對椿講過任何一句話。但自從騎兵安排許多動物進入夢境中之後，逐漸開始靠態度表達自身意志。

雖然那只是像動物般，簡單表達高興或不高興的程度而已。

朝屋內邁進的椿，忽然平靜地眺望住宅區後嘀咕：

「因為大家都討厭這城鎮才跑得不見蹤影嗎……」

變成和椿同樣身形大小的「黑漆漆先生」靠近表情陰沉的她。

椿露出笑容，對一旦有煩惱就會過來摸自己頭的「黑漆漆先生」搖頭。

「謝謝，我已經沒事了，黑漆漆先生。」

然後，椿望向在庭院嬉戲的無數動物們繼續說道：

「因為和以前不同，現在有這麼多動物在嘛……」

「不論是爸爸或媽媽，現在任誰都不會離開城裡了吧。」

耳聞這句話的騎兵，判斷此話正是她的「心願」。

如今的騎兵不過是會聽從椿這名主人的願望，不完全至極的願望機。

騎兵為了靠自身力量創造出她所期望的狀況，開始蠢蠢欲動。

不過，目前的騎兵仍無法琢磨出複雜的推測。

然後——

×　×

現實世界　史諾菲爾德郊外

數輛汽車奔馳於荒野中延伸的漫長道路上。

其中一輛車內載著數名魔術師。

儘管他們在鐘塔是默默無聞的魔術師，卻也由於聽說此次傳聞，為能揚名四海而造訪史諾菲爾德的其中一派。

「剛才越過城鎮的邊界了。」

聽到擔任駕駛的年輕魔術師的話後，後座的中年魔術師低吟：

「怪開！呼哦哦哦，該怪給窩開！」

雖然聽不懂他在說什麼，卻能明顯感受到他的恐懼。

據說是在與疑似刺客的英靈交涉時，被對方的短劍縱向割開舌頭。

此人顯然不擅長治癒系統的魔術，因此才在舌頭纏繞咒符的情況下不停對擔任駕駛的弟子叫

噢。

「我明白，師父。我們已經在看見那片沙漠的隕石坑形成的瞬間內心受挫了，所以想逃跑的心情是一樣的。」

「開在前面的車大概也坐著魔術師吧，上面還有使魔盤旋……」

此時駕駛察覺到變異。

察覺到當越過城鎮邊界之後起，就有好幾輛車停在道路兩側。

然後，原本開在很前面的車輛也慌張地停靠路肩。

當駕駛思索起在這種荒野途中究竟會發生什麼事時——

只見飛在前方車輛上頭的使魔忽然墜落，同時因為突如其來的強烈嘔吐感，致使駕駛難以繼續開車。

「……？」

駕駛倉徨地在路邊停車後，為解釋停車理由而望向後照鏡。

「不、不好意思，我身體突然不舒服…………！師父！」

透過後照鏡反映出的卻是異常景象。

身為自己師父的中年魔術師，臉色鐵青且精疲力竭地倒下。

「糟糕，要立刻……」

駕駛按捺自身嘔吐的衝動，打算向副駕駛座的師兄搭話，此時再次打哆嗦。

因為副駕駛座的師兄同樣臉色鐵青，渾身由於痙攣而微微抖動，手背與頸項均冒出類似藍色的斑紋。

「什……啊……嗚啊啊啊啊啊啊！」

於是駕駛也察覺到。

自身雙臂也冒出同樣斑紋，蠢蠢欲動地打算侵蝕自己的身體。

車內響徹尖叫——緊接著，沉默造訪。

數分鐘後，車輛緩緩開動。

停靠於周圍的其他車輛也一樣，車體在引擎發動的同時開始緩緩移動。

汽車當場迴轉，往史諾菲爾德這座城鎮折返。

在駛向城鎮的車輛中，眼神空洞的駕駛開口：

「真期待回到史諾菲爾德呢！」

「是啊，畢竟那是座好城鎮。我們得坐在貴賓席觀賞聖杯戰爭才行！」

副駕駛座的師兄露出同樣眼神答道。

他們身上冒出的斑紋已經淡去，臉色也恢復正常，但只有心靈變得與原先截然不同。

「呀哈，剛怪灰到撐裡。」

聽著師父發出似乎很愉快的喊叫聲，車輛再度奔馳於荒野。

駛向滿是混沌的紛爭尚未止息的史諾菲爾德市。

史諾菲爾德市在這天，以此瞬間為分界，化為舒服的牢籠。

無法離開，又來者不拒。

其景象簡直像城鎮本身擁有意志，並吞食人類一般。

× ×

史諾菲爾德北部　大溪谷

──這是……什麼？

──那些英靈究竟是什麼人……？

緹妮．契爾克從吉爾伽美什自寶庫拿出的飛行寶具「維摩那」後方探頭，前方光景烙印於眼簾內。

與神祕弓兵對峙的吉爾伽美什，以及插手兩者戰鬥的神祕女使役者。

吉爾伽美什面對插手戰鬥的英靈，露出明顯甚是不悅的表情，但在對方有所反應前，事態便已經往前推動。

儘管神祕弓兵因女英靈的一擊而遭到溪谷碎石埋沒，但下一刻，化為小山的碎石猶如火山爆發般彈飛。

巨大岩石高飛至必須仰望的程度。

接著好幾塊岩石忽然粉碎，碎片中竟出現纏繞驚人魔力的箭矢。

伴隨碎石一同飛翔的神祕弓兵，從飛舞的岩石後方射出無數箭矢。

每支都纏繞龍捲風的箭矢驟雨，化為真空漩渦後捲起破碎的岩石，朝吉爾伽美什與女英靈墜落。

下個瞬間，吉爾伽美什從「國王的財寶(Gate of Babylon)」拿出武具，女英靈則搭起複數箭矢於出現在手中的弓弦上，緊接著同時射出好幾箭。

武具與箭矢以緹妮的肉眼難以追蹤的高速射出，宛如化為暴雨與傾注而下的狂暴龍捲風般，接連撲打過來。

——吉爾伽美什大人自然不用說……那名英靈究竟又是……？

既然是騎馬出現，難道她是騎兵的英靈？

不過從她的使弓手腕來看，視她為弓兵也不足為奇——若真是如此，就代表這座城鎮顯現出三柱弓兵。

——還是說……並非弓兵，卻能以那種威力駕馭弓……？

緹妮心想，這不可能。

畢竟這簡直就像弓兵拿劍與其他職階的使役者交鋒。

英雄王雖說是弓兵，卻持有開天劍或名為【原罪】(Marduk)的劍，但撇除其驚人威力，若單論純粹的劍技，想必英雄王也不會與劍兵職階的使役者直接面對面交手。至少在這個時間點的緹妮是這麼想。

不過，不斷出現在她眼前的光景，顛覆了她原本的常識。

「……」

女英靈右手往身旁一舉，該處便顯現一匹駿馬。

接著，女英靈輕巧地跨上那匹馬，隨即迅速馳騁於溪谷上方。

她手上纏繞的布料依然溢出濃郁神氣。

其濃郁魔力透過韁繩流竄至馬匹上，雙方因此化為人馬一體的搭檔在暴風箭雨下穿梭。

巨大碎石開始朝地面墜落。

他們輕巧地跑到碎石上方，最後甚至開始跨足至墜落中的岩石。

當緹妮目睹在碎石瀑布逆流而上的女英靈與馬匹後，她確信了。

——她的職階果然是騎兵！

如此一來，想必是原本就有弓兵素質的英雄，這次以騎兵形式顯現。

看那柄弓的威力，應該是藉由纏繞在手臂上的布料所流出的神氣來提昇水準，此猜測想必是妥當判斷。

——那塊「布」果然是寶具……應該是會強化使用者能力那類的……

女英靈轉眼間便攀升至高空，最後抵達逐漸墜落的碎石頂點。

接著，女英靈俯視下方的神祕弓兵的身影，騎在馬背上猛力拉緊弓弦。

神祕弓兵察覺到她的氣息，其視線透過覆蓋於頭部的布料轉向她。

「……」

女騎兵背對太陽，整個人朝向神祕弓兵拉緊纏繞濃郁神氣的弓弦。

「……這樣啊。」

「弓兵啊啊啊——！」

弓兵以全身承受女英靈毫不掩飾強烈敵意的嘶吼，同時輕聲說道：

「……是妳啊，背叛的女王。」

弓兵甚至不閃不躲地架起弓，他自身纏繞於手臂上的布料同樣湧出濃郁神氣。

隨後，弓兵自己釋放出五支箭矢，好迎戰騎兵射出的同樣數量的箭矢。

在雙方箭頭分毫不差地接觸下，蘊含其中的魔力迸散化為強風襲向周遭。

緹妮靠自己的魔術防禦起參雜砂礫的強風，隨即注目弓兵的動向。

不過，先有動作的是騎兵那方。

騎兵背後提煉出比前一刻更濃郁的神氣。

騎兵在放出箭矢的同時跳下馬，拿愛馬當誘餌好繞到對手的弓兵背後。

「……令人不快。」

弓兵邊如此說道欲轉過身，但音速的箭矢更快一步襲向弓兵，而且是往背後的心臟附近直擊。

然而，這又是怎麼回事？

箭頭碰到男子身上的——碰到那塊從頭上披下來的布料的同時竟硬生粉碎，沒能刺進肉裡就四散於半空中。

「……！」

目睹那副景象後，被稱作「女王」的騎兵低吟。

「果然嗎……」

那聲低吟與其稱為驚訝，更有種自己的推測昇華為確信的含意在。

「……原來如此。」

吉爾伽美什目睹這副景象後，暫時回到維摩那的機上並嘟噥道。

「請問，您知道什麼了嗎？」

英雄王百無聊賴地答覆戰戰兢兢提問的緹妮：

「知道為何那區區弓兵能徹底防禦我的寶具。還有，為何弓兵會漂亮地吃下一記那區區騎兵的拳頭。」

「果然是有什麼理由嗎……？」

「並非什麼大不了的理由，不過單純是那傢伙的盔甲比較特殊罷了。」

「盔甲……嗎？」

緹妮邊詢問邊望向著地的弓兵。

那名弓兵身上並未穿戴足以稱為盔甲的裝備，說到覆蓋於上半身的物品，也只有從頭頂披下來的奇妙花紋的布料，與纏繞手臂上的不同花紋的布料而已。

「那恐怕是魔獸或神獸的皮裘。居然有辦法加工到那種程度，原形恐怕是類似烏伽爾魯獅之類的吧。」

儘管吉爾伽美什列舉了巴比倫尼亞的魔物，但光憑這點仍無法令緹妮信服，於是她再詢問：

「您是說那塊皮料……能抵禦王如此驚人的連擊？」

「與攻擊次數無關。神獸、魔獸偶爾會像那樣拒絕人類的文明。方才，不侷限最上等的武具，就連平常不會擊出的下等寶具在內，他已經嚐遍我的各種攻擊，但我不認為光靠他的本領就足以防禦一切攻擊。不過，如果是靠肉體或魔力等方式防禦，我也不覺得能解釋那塊皮裘毫髮無傷的情況。」

英雄王半瞇起雙眼，再握緊自己手中的選定劍「原罪」。

「拒絕人類文明本身的特異點，偶爾會出現那種生物。至少那玩意兒無法光靠人類創造出的種種『道具』來解釋清楚。」

吉爾伽美什如此說完後，嘴角微微揚起。

「請問怎麼了嗎？」

「沒事，我只是期待從野獸身上剝下皮裘的人是那傢伙自己。」

當緹妮看見露出苦笑的英雄王後，頓時理解他話裡的含意。

這名立足於強者頂點的英雄王，期望佇立眼前之人是能匹敵自己的強者。若面對尋常英雄，或許英雄王只會斷定借助寶具力量掃開自己的財寶者為無禮之徒。

為此，緹妮再次確認到處於視線彼端的弓兵是何其恐怖的敵人。

那名英靈是足以讓這名高傲偉大的王產生「期待」的存在。

「不仰賴盔甲，而是靠弓掃開寶具也是不得了的本領。並非隨處可見的不入流之徒，確實值得讚賞。」

「但是，那兩人纏在手臂上的寶具到底是……」

「恐怕是神硬塞給人的遺產之類的物品。妳看，雖說是同樣的物品，但兩者使用的方式卻天差地遠。」

「？」

經英雄王這麼一說，緹妮便在雙眼上施展感知魔力的魔術再凝視戰鬥。

於是，她確認到兩者確實有所不同。

女騎兵那方，讓足以稱為神氣的高密度魔力穿梭全身，但弓兵那方，魔力最多僅依附在自己的武具上，絲毫沒打算讓肉體本身接受那份力量。

「究竟是為什麼……既然擁有那種素質的肉體，明明只要讓神氣流進體內，就能徹底壓制對手了。」

聽見緹妮這番話後，英雄王嗯一聲後陷入沉思。

接著，英雄王流露出如同找到珍奇玩具般的愉悅神色。

「我只是單純厭惡自己所認識的神到了極點……不過看來那傢伙是對他曾信仰的眾神，憎恨到甚至懷抱殺意的程度。」

「憎恨……神？」

「真滑稽，畢竟，創造出那頑強肉體的恐怕就是眾神。一邊憎恨自己的存在本身，卻還能保持那種英氣，這名小丑不是很有看頭嗎？」

吉爾伽美什這番話自然不可能傳進女騎兵耳裡，而她依然不停放箭並朝弓兵吶喊：

「為什麼！為何不讓吾等父親的力量，不讓戰帶的力量依附己身！你是看不起我，想藉此嘲笑我嗎！」

弓兵靠手持的弓打掉每一擊都蘊含破軍威力的箭矢，再以沉重嗓音答覆女騎兵的疑問。

「神之力，不該是依附己身的力量。」

「……什麼？」

女騎兵聽見該答覆後，總算察覺到流竄於對手體內深處的「某種力量」。

察覺到弓兵體內充滿了與神之力截然不同的，宛如灼熱劇毒般異質的力量。

弓兵正是驅使那份力量，將從「戰帶」釋放出的力量，如驅策使魔般竭盡全力操控。

弓兵架起參雜神氣與「某種」力量的弓箭，從布料後方講出猶如混雜憤怒與嘲笑的，如同詛咒般的言詞。

「而是要制伏、蹂躪踐踏……該靠人類的臂膀支配的力量。」

× ×

同時刻　警察局

「報告，確認到北方溪谷有複數疑似英靈的反應。據判斷其中一名應該是弓兵……也就是吉爾伽美什。」

收到祕書報告的警察局長大力嘆口氣後，望向享用起不知從何處拿來的蛋糕的幕後黑手少女。

「……請妳解釋清楚，法蘭契絲卡。」

「解釋什麼？我記得從最開始就提過要召喚真正的英靈了吧？」

「我的問題是——是誰，還有召喚了什麼。」

被局長默默瞪住，法蘭契絲卡用手指撐著下顎並別過臉。

「咦？會有人在聖杯戰爭問這種問題嗎？嗯，我是曉得那名英靈的真面目還有主人的資訊，要我告訴你也可以，但法迪烏斯小弟跟上頭的人好像不太信任你。該怎麼辦才好呢？」

「少裝傻。昨天在歌劇院那件事也是，參加聖杯戰爭的魔術師們，是否真有隱匿的打算根本可疑到極點。這次的手段還是大白天就堂而皇之襲擊賭場旅館，甚至牽連到城裡的人。雖然目前還沒出現死者，但我已經收到有人因為碎玻璃受傷的報告！」

法蘭契絲卡聽見局長顯得有些慌亂的語調後，露出略微陰沉的笑容對他說道：

「咦～我以為選定這座城鎮當聖杯戰爭舞台的那刻起，就應該做好會連累平民的覺悟了耶？」

「如果不是引人矚目到這種程度的話。我們之所以召喚那名魔法師，就是為了控制傷害在最小範圍，也依然能確實獲勝。特別是有主人缺乏正當理由就牽連城裡的居民時，就應該率先排除此人。」

「你還真固執耶。不過，我也不想殘殺城裡的居民，所以就給你點提示好了。」

接著，法蘭契絲卡邊嘻嘻嗤笑邊組織起詞彙。

「你知道神嗎？不是聖堂教會的人們崇拜的那種神，是更有別於此的神話中的神明。」

「……？」

「在被稱為神代，即是這個世界依然充滿魔力的時代，有許多『概念』和『異物』與人類參雜。雖然彼此均擁有智慧，結果終究是不同生物。」

法蘭契絲卡眺望遠方並如此訴說，彷彿緬懷過往般半瞇起雙眼。

「如此一來，兩者無論如何都會錯肩而過，甚至上演好幾齣喜劇與悲劇。唉，這點即使是人類自己也一樣……對方畢竟是力量的集合體，因此錯肩而過的等級與誤會的等級都不可同日而語！不論是歡笑還是淚水都能提昇倍率呢！」

「……妳想說什麼？」

「而憎恨當然也會均衡發展成合適的等級，才能解決。」

隨後法蘭契絲卡的意識專注在從溪谷方向稍微感受到的魔力漩渦，面露陶醉表情並回想昨晚目擊的景象。

「職階的確是弓兵，但本質卻變得截然不同呢。他已經有一半足以稱為『復仇者』了吧？」

「……妳說復仇者？」

局長也從法迪烏斯那邊聽說過，艾因茲貝倫在第三次聖杯戰爭中曾召喚那特殊職階的英靈。但作為英靈的強度卻差強人意，因此早早便敗退下來。

然而，局長記得法迪烏斯讀取實際參戰者留在自己人偶上的訊息後，以嚴肅表情說出：「雖然沒有確切證據……但假如那名英靈戰勝並留下來，世界本身可能會就此迎向終結。總之是名令人害怕的英靈。」

假使與那名英靈同質的存在現身，那豈不代表對方是無與倫比的危險存在？

法蘭契絲卡見局長蹙眉，便聳肩並說出那名弓兵（復仇者）的資訊。

很愉快似的、很開心似的、對那名英靈的仇恨流露出慈愛似的。

「不過，那名英靈憎恨的不是人類……而是如今不知道消失在哪顆星星上，或者已經腐朽敗壞，或者不知道躲到哪裡去的，相當古老古老的『眾神』就是了！」

×　　×

大溪谷

在遠距離的弓箭互擊與近距離攻擊交錯下，持有同樣寶具的弓兵與騎兵的鬥爭仍在繼續。騎兵靈巧地分別利用原本棲宿於己身的，擁有濃郁神性色澤的魔力所創造出的長槍與弓箭，與愛馬一同不停攻擊弓兵。

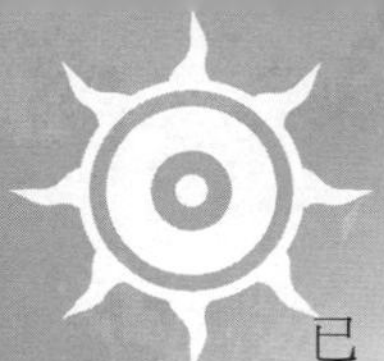

目睹這場戰鬥的緹妮心想。

該不會那匹馬本身就是寶具之一。

當緹妮望著那匹難以想像是普通馬匹，而是充滿幻想的馬的動作時，女騎兵打算逼迫弓兵退到更死角處，但是——

愛馬似乎有所察覺地提起前腳終止動作，與此同時，女騎兵和弓兵間的地面竟插進無數武具。

「……我應該說過別礙事才對！」

騎兵瞪起射出那些武具的男子，那名男子——英雄王不屑地說道：

「愚昧，我可沒有閒情聆聽在王的面前居然不願下馬的無禮女人說話。」

英雄王佇立於維摩那前端悠然俯視，其背後空間正閃耀光輝，沉眠於寶庫內的無數寶具探頭。

於是，騎兵暫時拉開與兩名弓兵間的距離，懷疑地望向維摩那機上的男子。

「你說王？就憑你？」

「真受不了，雖然妳被稱為女王，結果終究只是趁我不在時，在庭院爭奪地盤的賊人之流而已嘛。不僅無禮，甚至愚昧，實在令人錯愕。」

此話並非諷刺，而是蘊含明確侮辱含意的冷漠言詞。

「妳沒有與我這名真正的王身處同樣場所的價值，給我速速離去。」

英雄王以踢開路邊小石子的感覺，從「國王的財寶」射出眾多寶具。

「……唔！」

或許是本能察覺到被直擊就糟了吧。

騎兵巧妙控制愛馬，在寶具的驟雨間馳騁。

隨後，披覆布料的弓兵朝那匹馬射出一發銳利箭矢。

「！」

雖然在千鈞一髮之際避開，馬匹卻因此失去平衡，第二波「國王的財寶」便在此刻來襲。

女騎兵於剎那間湧出一股格外強盛的魔力。

融合自身體內那神性濃郁的魔力，與從布料湧出的足以稱為神氣的純粹魔力，使其棲宿在手裡的長槍上。

女騎兵靠蠻力甩開無數襲來的寶具後，朝英雄王投擲長槍。

貫穿追擊而來的寶具驟雨，纏繞神氣的長槍以吉爾伽美什的心臟為目標猛烈前進。

然而，英雄王卻在原地不動半步。

從「國王的財寶」展開無數盾牌型寶具，緊逼而來的長槍在貫穿數面盾牌的位置停下來。

「我從剛才就很在意……這毫無道理的寶具數量是怎麼回事？」

吉爾伽美什無視語帶錯愕的女騎兵，只是以泰然自若的口吻開口：

「竟偏偏對我施展神的力量，真是無禮至極的女人。」

不過，似乎又對女騎兵略感興趣而邊觀察邊輕笑。

「雖說算不上毫髮無傷，但居然能以肉身阻擋上等寶具。」

想必是沒能徹底掃開的幾件寶具擦傷女騎兵身體，其肩頭與側腹均有負傷，還流出數量不少的血。

當英雄王看見那個即使受傷，卻依然在馬匹上展現戰士風采的女子後，嗯一聲頷首並陷入沉思。

「看來妳繼承我所不認識的神明的濃厚血脈。縱使覺得掃興，但由你們兩人來當對手，或許足以在達成與摯友的約定前，為我暖身。」

儘管英雄王依然表現得游刃有餘，臉上卻不見疏忽或傲慢的神情。

「你們是試金石。我不允許你們沒有我的許可就在此斃命。」

畢竟對英雄王而言，真正的暖身是為了做好與朋友一戰的準備，為此要連平常不曾使出過的招式都試遍。

「……要是敢繼續阻撓我，就從你先排除，金色之王。」

於是，英雄王有點瞧不起女騎兵似的，以鼻子發出哼笑聲。

「阻撓？妳應該是跟救濟搞錯了吧？自稱女王的小姑娘。」

「什麼……？」

吉爾伽美什面對面露疑惑的騎兵，瞥一眼在崩塌的碎石前威武佇立的弓兵後答道：

「連被耍著玩都沒察覺到的妳，是打算如何將那名男人當成獵物狩獵？」

「……你說我被耍著玩？」

「妳和那傢伙作為英靈的水準不同，妳的器量應該沒小到不懂這點吧。」

從維摩那的陰影處觀察英靈們的緹妮，也同意英雄王的話。

聖杯戰爭的主人被賦予可得知對手大概強度的簡易透視能力，能藉此觀察對手狀態、肌力及敏捷程度等區分過的資訊。

該能力會因為主人的感性而看見不同畫面，緹妮的情況則是會看見一座山上流下速度不同的六條河川。

從該畫面足以得知，所有河川全都快速流動的是英雄王與披布的弓兵兩人，騎兵女則是四處流動著流速與兩者相比下較緩和的河川。

尤其掌管機運的河川流速特別緩慢，若僅單純比較基本能力，感覺女騎兵有些不利。

儘管能靠來自寶具的神氣棲宿己身，藉此提昇原本的能力好幾階段，但既然目前處於對手持

有同樣寶具的情況，想必也無法因此取得優勢。

又或者讓神之力棲宿己身，與當成道具來使用的兩者間或許會有所不同，但兩者的不同究竟會帶來何種影響，緹妮無法推測。

當緹妮如此思索時，發覺女騎兵表情緊繃，並以銳利眼神瞪起弓兵。

「我知道我們水準不同……」

只見她僅一瞬間展現出宛如與自身年齡相仿的少女口吻，接著又散發純粹的敵意，以威風凜凜的態度宣言。

「畢竟，我是被這男人殺死的！」

「咦？」

緹妮無法理解騎兵的言行，頓時渾身僵硬。

那句話本身的意義是能夠理解。

無法理解的是騎兵放聲宣揚著提示他人自己真名的意義。

想必是因為弓兵也認識騎兵，而以英雄王為對手，隱匿真名似乎也沒太大意義。

不過，在不曉得哪裡可能有使魔監視的情況下，暴露自己真名的線索真的好嗎？

然而，這名女騎兵的性情似乎坦率到超乎想像。

緹妮再以該疑問為契機，思索起對手英靈們的真名。

——操控弓箭與長槍，擅長馬術且被稱為女王的女人。

——殺死她的英雄。

——兩人共通的布料寶具。

——否定人理的野獸皮裘。

緹妮為了聖杯戰爭而研讀過五花八門的神話與英雄傳說的腦海中，湊齊出好幾塊拼圖，藉此構成某名英雄的身姿。

不過，她無法輕易認可此推測為答案。

女騎兵姑且不論，弓兵的形象與緹妮想像中的英雄實在相去甚遠。

但是，女騎兵彷彿要證明這點般大吼。

「只是，我的末路如今也微不足道！」

女騎兵繼弓兵之後，將視線轉往緹妮的方向。

——！

緹妮因突然投射過來的視線而渾身僵硬。

但女騎兵並未對緹妮施展攻擊，其視線直接回歸弓兵身上後吶喊：

「回答我！你這傢伙……剛才為何要狙擊那名幼童！」

相較之下弓兵則答覆冷漠的言詞：

「狙擊同使役者一起露臉的主人為理所當然之事。雖說是幼童，卻也是有擊潰對手覺悟而參戰的魔術師，根本沒理由手下留情。這種問題誰不好提，偏偏是由身為戰爭起源的妳來問嗎，女王？」

「少囉嗦，給我閉上嘴消失！雖然我叫你回答，但根本不想聽這種好像會從他人口中聽到的平庸正論！」

女騎兵說著可稱為蠻不講理的內容並再度具現化長槍，槍尖對準弓兵後繼續提問：

「你是能靠那股力量與智慧，將所謂戰場的常識折服，化為自己所期望的形態的人吧！正因為如此你……就只有你，是我認為絕不會做出那種行為的男人！」

女騎兵的注意力已經完全集中在弓兵身上，從緹妮的角度怎麼看都是絕佳空隙——

「王啊……」

「也好，眺望小丑詆毀彼此不失為一種樂趣。」

雖然英雄王這麼說，但纏繞於身上的魔力並未凌亂也沒因此疏忽。

能感受到的，只有似乎想更深刻探究對手本質的好奇心。

至少那名弓兵確實有相當程度的資質，才能讓這名傲慢的王產生興趣。

但緹妮在意的卻是騎兵那方。

——那名騎兵，因為弓兵狙擊我而生氣……？

——比自己被殺還生氣？

——……為什麼？

自己是將性命在內全都奉獻給部族的人。自從決定召喚英雄王，並排除魔術師們的那刻起，就已經做好可能反遭敵人殺害的覺悟。

就緹妮的觀點來看，弓兵的話確實是正論。

——難道……我根本沒被視為敵人嗎……

女騎兵棄困惑的少女於一旁，依然騎在馬上嘶吼。

「我聽說你在戰鬥上確實毫不留情，甚至會在敵國的市井中展開掠奪，為達目的也會不擇手段暗算他人。但假如這些舉動都是為達成宏大的願望，根本不足以撼動英雄之名。」

馬上的少女的態度遠比外表更加成熟，她繼續放聲說道：

「……然而，無論有何內情，即便對手是會為世間帶來災厄的詛咒之子！你都不該是會滿心歡喜地拿起弓瞄準幼童的人！不對，比起他人，最不允許自己這麼做的人應該是你才對！」

「……」

「人們對你的畏懼與崇敬的歌聲，甚至震響了吾等故鄉泰爾梅的沃野盡頭，你究竟將代表神之榮耀的威名遺棄何處了！■■……」

女騎兵任憑怒火延燒，也不顧他人有可能鎖定自己的真名，進而打算大聲喊出對手的名字，然而──

「閉嘴。」

弓兵的一句話令周圍空氣凍結。

與暈染男子身軀同樣色調的紅黑色影子同時湧起，宛如生物般蠢動。

那是憎恨，那是恐懼。

那是汙衊，那是悔恨。

那是嫉妒，那是憐憫。

那是憤怒，那是斷念。

那是嫌惡，那是遺憾。

那是絕望，因此也是空虛。

形形色色淤塞的感情即將瀕臨極限的陰影深處，響徹彷彿聽者將全體受到詛咒的聲音。

就連原本表現剛毅的女騎兵也一瞬間感到畏怯，緹妮同樣產生自己心臟停止的錯覺。

若無其事的僅英雄王一人，彷若在鑑賞喜劇的評論家一般勾勒起嘴角。

弓兵無視各有不同反應的三人並繼續說道：

「以那名字稱呼的英雄已不復存在。不，『那傢伙』甚至早已不是英雄。是迎合耽溺於享樂的暴君們，為此付出在烈焰與雷霆中焚毀地上（人的靈魂）的衣裳之代價的愚昧之徒。那傢伙在臨終時打破誓言，選擇快樂而非苦難！」

「你究竟……是誰？有什麼目的……？」

女王臉頰邊流下冷汗邊詢問。

同時她確信這名自己認識的大英雄男性，已經是不同人。

「我只是普通的人類。包括妳的父親戰神阿瑞斯在內……想要否定、蹂躪、汙衊奧林帕斯的眾神，不過是為此而生的復仇者罷了。」

「對，沒錯。吾之骨肉、吾之靈魂，正是淪落為神的愚者之影！」

× ×

法蘭契絲卡想起今早獲得巴茲迪洛的許可，透過水晶球看見那名「英靈」的事，因此興奮地扭動身軀。

「啊啊～啊啊！光想起來就覺得內臟快沸騰了！只為了汙衊那些神，為了褻瀆神明而活的那種感覺！我最喜歡了！畢竟這會使我想起最要好的朋友！他們若相見肯定會成為好友。雖然他們憎恨的是截然不同的神。」

局長無視陷入自己的小世界，而滔滔不絕說出莫名其妙內容的法蘭契絲卡，並打算離開房間。

「咦？你打算去哪裡？」

「當然是去處理這局面。」

「你認真的？雖然你昨天好像跟那個刺客女孩打得難分難捨，但溪谷那邊的孩子們我想你可沒辦法應付喔！隨便地打擾他們，你可能在那當下就會被金閃閃的國王殺死嘍。」

法蘭契絲卡闔緊雙腿，一臉認真地詢問。

局長也充分理解她所說的話都無比正確。

然而，不論是從身為魔術師視隱匿魔術為優先項目的觀點，以及身為警察局長必須確保城鎮安全的觀點來看，他都無法坐視不管。

「也不能放任不管。照這樣下去，一發流彈就可能讓一棟大樓倒塌。雖然我覺得是白費功夫，不過我會去試探法迪烏斯願不願意幫忙。即使無法直接介入戰鬥，隱匿的處理還是盡早執行為上。」

「唉——你不必這麼逞強也無所謂吧？反正還有應付手段。」

「妳說什麼……？」

法蘭契絲卡對懷疑的局長露出令人厭惡的笑容後組織詞彙。

對局長而言，這句話將是使頭痛更嚴重的原因。

「剛才我召喚出的使役者，正趕過去干涉戰局嘍！」

×　　　×

「是嗎……」

聽見弓兵充滿濃郁怨恨與覺悟的語氣後，女騎兵體內的激情一度消散。

「你已經不再是他了呢。」

她的雙眼緩緩半瞇，調整好呼吸後，再輕輕撫摸愛馬頸項。

纏繞於全身的神氣與己身魔力頓時交融，其純度再度提昇。

「……！……這是……」

能透過大地靈脈感受魔力的緹妮不禁屏息。

聖杯戰爭的系統——至少若與緹妮事前所調查，與冬木的系統如出一轍，照理說應該無法召喚神靈才對。

然而在經過召喚後，那名英靈究竟能行使多少神之力——這點緹妮也不得而知。

若騎兵是誠如緹妮所猜想的人物，那她應該是名有「神」的父親的半神。

然後，假如用那塊布型寶具，能夠彌補不足以稱為完全的神靈的力量，那究竟又會發生什麼事呢？

儘管緹妮臉色鐵青，仍未感到恐懼或困惑。

畢竟對緹妮而言，值得獻上超越神明以上的敬畏之意的「王」就佇立她身旁。

「既然如此，我也不會說要你回歸正道。我會將你同金色之王等人，視為『敵人』排除。」

聽見此話的瞬間，英雄王的表情切換為凶狠的笑容。

「還真敢放話，小姑娘！」

在那份典型的傲慢笑容中，不見前一刻為止的汙衊與輕蔑的神色。

英雄王比誰都早察覺到。

騎兵原本只是放任情緒在胡鬧的氣息，瞬間切換為與身上纏繞的神氣相配的戰士。

再來，如今英雄王那對淡化了傲慢的雙眸，已經看穿對手一部分的本質。

也看穿接下來她打算變質為「什麼」。

不過，王正因為是王，自然要貫徹自己的高傲。

「居然將身為王的我與區區復仇者混為一談！就讓我將妳那有勇無謀的態度，連同你們上演的鬧劇一併一笑置之吧！」

在這次的聖杯戰爭中，英雄王確實既無傲慢也無大意。不過，只要他仍身為王，想必毫不矯揉造作的驕傲氣質依然會伴隨他。

另一方面，弓兵隱藏在魔獸皮裘底下的嘴角凶狠惡地扭曲。

「真是吉兆，雖然我不相信腐敗的暴君們，但這或許是星辰環繞下招致的因果。」

如此說道的弓兵在弓弦上架起的箭矢，包覆著不祥魔力。

即使是外行魔術師，甚至單純的一般人，在那支箭矢散發的氛圍前想必都會察覺到——

「畢竟從戰鬥的一開始，就能屠殺兩名半神。」

改變的並非只有箭矢的本質。

弓兵的架勢與先前威風凜凜的站姿不同，而是更接近自然的動作。架起箭矢的弓輕鬆垂落，整體展現出乍看下即使稱為「解除武裝」也不足為奇的狀態。

不過，弓兵不拘泥於此等狀態，渾身釋放的懾人壓力一個勁兒地增長，若是尋常鬥士看見此場景的瞬間，無疑會慘遭接近絕望的恐懼襲擊。

然而，與他對峙的是纏繞神氣的女王，與渾身包覆黃金光輝的本始英雄王。

弓兵在絲毫不見恐懼流露出來的兩人面前，全身滲透著漆黑汙泥般的魔力——

『好的，結束嘍……』

當英靈們分別打算有所行動的剎那——

少年天真無邪的嗓音，響徹於下起綿密白雪，一望無際的大森林。

「……咦？」

比少年的說話聲遲上片刻後，緹妮溢出錯愕聲。

「……！」

「！」

「……」

女王驚愕地瞪大雙眼，弓兵稍微瞇細雙眼，英雄王則露出看見可疑事物的眼神掃周遭景象。

他們佇立的地點應該是草木稀疏的大峽谷才對。

然而，一聽到少年說話聲的瞬間，整面遼闊的森林隨即掩埋他們的視野。

他們正佇立於覆蓋厚重積雪的針葉林間，佇立於比起樹葉與樹皮的顏色，壓倒性的雪白更徹底支配大地的森林之中。

紛飛細雪落在緹妮裸露的手臂上，冰涼觸感透過肌膚傳達過來。

——強制轉移？

緹妮慌張地行使魔術，讓禦寒用的空氣層包覆在身上，一邊推測起他們究竟出了什麼事。

——怎麼會，這可是接近魔法的高度魔術……！

目前史諾菲爾德周圍不存在能看見此般景象的地點。

雖說西邊有片大森林，但樹木的種類不同，即使史諾菲爾德這名稱有雪原之意，這片土地本身卻鮮少降雪。

又或者，他們是被拉近某名使役者創造出的異界——被稱為「固有結界」的特殊空間。她曾聽說在英靈中，也有能使用此等絕技之人。

不過，身為緹妮的使役者的英雄王，並未特別焦慮地對她說道：

「別著急，不過是幻術罷了。」

「幻術……？」

幻術在魔術中，是能利用於眾多不同領域的泛用魔術之一。其中包含為隱藏特定場所、擾亂特定地點的方向感，或是為強化暗示與修行而施加在自己身上等各種類型。

然而半吊子的幻術，在擁有某種程度以上的魔術迴路或魔術刻印的魔術師面前，形同無效的情況相當多，因此幻術大多止步於「泛用的便利魔術」，打算更窮極這條路的人不怎麼多。

實際上，緹妮雖然有過被人施加幻術的經驗，卻因為自己與土地靈脈連繫，透過該靈脈強化感官而無效。

不過，目前的情況卻是，即使透過土地的靈脈卻依然能感受到寒氣。

——……從魔力的連繫狀況來看，這裡確實還是祖先留下的土地的那片溪谷……

——那麼，這果然是幻術……？

——怎麼可能，若真是這樣，那不只是人的感官……甚至達到能欺騙土地的程度……？

人類魔術師能抵達此等程度的究竟有幾人呢？若有高等魔眼這種特殊媒介則另當別論，但照常理判斷，此等幻術已經超越人類魔術師的級別。

——……是新的使役者！

緹妮還無法判斷幻術是基於寶具，或是純粹由魔術所構成。

但是，至少在片刻前以少年嗓音發出的說話聲，其本尊是新使役者的可能性很大。

『不行喲，各位，頭腦得冷卻下來才行，才第一天就拿出王牌可如何是好。聽傳聞說，好像還有人在正戲開演前就在沙漠拿出殺手鐧互擊耶！哈哈！』

儘管少年的說話聲響徹整片覆蓋白雪的森林，卻無法掌握聲音的出處。

簡直像綿密紛飛的每一片雪花均化為擴音器，讓說話聲響徹整片空間。

吉爾伽美什若無其事地聆聽那道說話聲，再以稍嫌不愉快的口吻說道：

「事到如今竟然還有敢敗壞我興致的不敬賊人。你目的何在我無從得知，但莫非你以為這點程度的幻術就足以欺瞞我的雙眼？」

『哎呀哎呀，真不愧是英雄王吉爾伽美什！名君與暴君兩者之名皆蓋世的人類管理者果然不同凡響！看來我無法矇騙過您那偉大又傲慢，賢明又賣弄學問的慧眼呢！真傷腦筋～』

少年利用幻術讓與其稱為修飾過頭，不如說是明顯在嘲弄對方的言論響徹森林。

於是，下一刻——

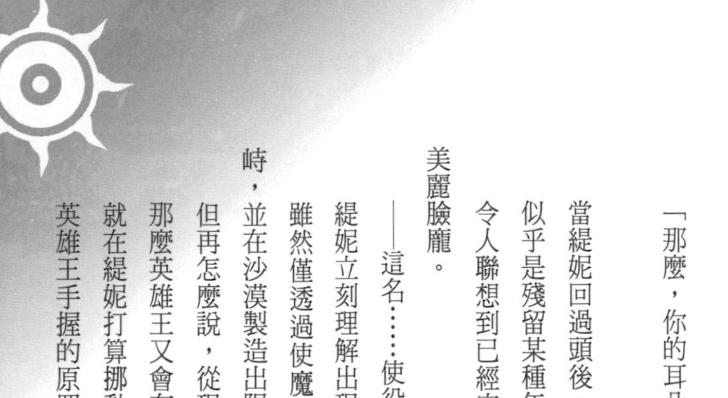

吉爾伽美什與緹妮身後響徹有別於少年的中性說話聲。

「那麼，你的耳朵是否也如此優秀呢，吉爾？」

當緹妮回過頭後，發覺此處存在一柱英靈。

似乎是殘留某種年幼氣質，長相與身材說是男是女都不足為奇的英靈。

令人聯想到已經完成的野獸，滑順而結實的身體。當作男女任何一方都不奇怪的容貌端正的美麗臉龐。

——這名……使役者是……

緹妮立刻理解出現在身後的人物是怎樣的存在。

雖然僅透過使魔傳來的影像從遠處確認過，但此人的確是吉爾伽美什顯現後，立刻與他對峙，並在沙漠製造出隕石坑的英靈。

但再怎麼說，從現身的時機與台詞判斷，緹妮立刻理解到對方是幻術下的假象。

那麼英雄王又會有何反應呢？

就在緹妮打算挪動視線的瞬間——

英雄王手握的原罪刀刃閃爍光輝，由幻術創造出的英靈當場煙消雲散。

「是誰允許你模仿吾友的樣貌與聲音？」

炙熱的浪潮透過魔力通道湧向緹妮的魔術迴路。

因此緹妮得以想像，英雄王恐怕並非放任情緒沸騰，而是讓平靜的怒火在體內燃燒。

「更甚者，竟然還想用來蠱惑我，簡直罪該萬死。種種人類為了令他人痛苦而製造的財寶(技術)，我就全都用在你身上，讓你後悔自己輕狂的舉動。」

接著，少年的聲音再度響徹覆蓋白雪的森林。

『別生氣嘛，國王陛下。不過就是小丑開個玩笑罷了。』

自稱小丑的少年，只是形式上懇求王的原諒。

然而，此刻吉爾伽美什露出以往未曾展露過的震怒神情，發出簡直像在斥責空間本身般的怒吼響徹森林。

「蠢蛋！小丑是僅以存在姿態來使人愉快之人！」

吉爾伽美什對小丑似乎有獨到見解，他的態度比平常更傲慢，言詞中包含了明確的怒火。

「而你竟想自稱小丑，藉此身分來當成對我不敬的免罪符！不僅根本連三流都算不上，我更不允許你自稱小丑！你不過是陶醉在自身奇行下的愚昧之徒！」

見吉爾伽美什表露出前所未有憤怒的緹妮不禁滲出冷汗。

由於吉爾伽美什憤怒的點都略微偏離常人，因此自己身為臣下今後該注意那些部分才好也不

甚明確，但總之她先將「在王面前提小丑話題是禁忌」這點銘記在心。

說起來，她認為自己應該也沒機會主動觸及這類話題就是。

接著，從遠處響徹破碎聲，由幻術孕育出的樹木竟發出逼真聲響倒下。

女王似乎也看見幻覺，她怒髮衝冠地仰望天空大吼。

「少開玩笑！在哪裡……還不現身！可惡的幻覺使者！」

理應一度冷靜下來的她再度為激情吞沒。

雖然緹妮很在意她究竟看到什麼，隨後卻冷不防看見女王露出困惑表情。

「什麼……？」

騎兵冷不防停下動作，對著虛空處吶喊。

「主人，您是要我撤退嗎！可是……」

「！」

聽她這麼一說，緹妮便立刻理解。

恐怕是騎兵的主人利用念話下達撤退指示。

另一方面，或許是只有弓兵一人並未看見任何幻覺，只見他一副泰然自若的模樣持續佇立於雪地中。

女騎兵轉向弓兵，送出類似憐憫般的哀傷視線後俯首。

「……我知道了，就依主人所說。」

她跨上愛馬，消去長槍後對英雄王與弓兵提出宣言。

「日後再會，金色之王，以及欺騙自身的復仇者。我發誓下次將依循戰事禮儀，作為一名戰士與你們對抗。」

「盯上聖杯（我的財寶）的不敬賊人，妳以為我會放妳離開此地嗎？」

「你是王吧？心胸狹隘地追捕逃亡者的作風，不適合王。想追捕我就從王座下來，以一名戰士的身分奔馳吧。」

緹妮以為這番話會激怒英雄王。

但吉爾伽美什露出目中無人的笑容，毫無動作地朝她背後搭話。

「算妳幸運。縱然對我說從王座下來這種大話根本罪該萬死……但我已經在和那傢伙對峙時，差點遺忘自己身為王的立場。我不會說這是為了自我警惕，所以就當作是慶賀與友人重逢的恩赦，妳就心懷感激地收下吧。」

吉爾伽美什說完一番拐彎抹角的言論後，望向弓兵那邊。

「說起來，還不曉得那傢伙是否願意放妳一馬。」

對這句話有所反應的是響徹雪中的少年說話聲。

『咦～女王陛下要回去啦？嗯，不過我這邊也出了點麻煩，所以我們就先撤退吧，真正的弓兵小弟。不對，現在應該稱呼你為復仇者比較好嗎？』

接著吉爾伽美什彷彿狠瞪起整座森林般，同時以不愉快的語調說道：

「我對你的裁奪可沒改變，你這連雜種都算不上的下等魔物。」

斷定少年的說話聲為「魔物」後，英雄王轉向弓兵再吐露身為王的言論。

「雜種，你已經沒必要隱藏真名了吧。不對，既然你的目的是汙衊自己的半身，那報上名號豈不更能靠近你的宏願一步？」

吉爾伽美什依然傲慢地對弓兵下達王的命令。

「好，身為王的我准許了，你儘管報上真名吧。」

當弓兵聽見要自己報上真名這番胡言亂語後，不禁露出苦笑──一邊架起弓箭至肩膀上，再緩緩張開皮裘下的嘴。

「我名叫阿爾喀德斯。」

當女騎兵耳聞此名後，在愛馬上沉默搖頭。

儘管緹妮最初沒能理解這名字的含意，卻立刻拾起腦內的記憶碎片。

「安菲特律翁與阿爾克墨涅之子，繼承邁錫尼王室血脈者。」

想起此為某名大英雄的乳名——即是替身為人類的他所取的名字。

「金色之王，我認識的眾王無人能媲美的最強之王，同時也是軟弱的戰士，再會了。下次我必定會蹂躪你藏在最深處的神之力。」

語畢後，弓兵全身立刻湧出如汙泥般的魔力包覆全身——森林的雪原如虛空般穿破大洞，下一刻連汙泥也一併消失，其存在本身於現場徹底消失無蹤。

『那麼再會啦，國王們。想墮落的話隨時可以跟我說喔，畢竟愚行與瘋狂正是我的起源！啊哈哈哈哈哈哈！啊哈哈哈哈哈哈哈哈哈！』

少年的嗓音依然給人天真無邪的感覺，瘋狂的笑聲響徹四周。

笑聲消失的當下，雪原立刻如海市蜃樓般消散，原本的溪谷再度展現於緹妮等人周圍。

留到最後的女騎兵，不知為何望向緹妮的身影並輕笑，邊自報名號邊手握馬的轡繩。

「既然那傢伙都報上真名，那我對你們隱藏真名也沒意義。」

「女王」啞然搖頭，接著洪亮地報出名號。

「我名叫希波呂忒。」

「是戰神阿瑞斯與阿緹蜜思的巫女俄特瑞拉所生的孩子。是充滿榮耀的部族，亞馬遜女戰士的戰士長！金色之王與年幼家臣，有緣再會！」

原以為報完名號後會騎上馬盡情奔馳，沒料到騎兵——希波呂忒同馬匹一起化為光之粒子，當場消失無蹤。

緹妮歷經足以稱為劇烈動盪的短暫時間，於是她靠魔術穩定自己的精神，並詢問身為自己使役者的英雄王。

「恕我惶恐……王不報上名號沒關係嗎？」

「……」

此時英雄王微微挑眉。

接著，他彷彿要敷衍什麼般搖頭，再露出更加目中無人的笑容後抬頭。

「呵……他們還不配傾聽我的名字。當他們再次立於我面前時，為了讚賞那份榮耀，屆時我才會告知吾名。」

緹妮絲毫沒有懷疑王的話，僅僅心想原來如此並頷首。

接著，她提出一點浮現心頭的疑問。

「那類似少年的聲音說的『出了麻煩』會是指什麼呢？」

「嗯。」

英雄王在聽到緹妮的疑問時，表情自臉上消失，轉往從溪谷能看見城鎮的方向後說出自己的推測。

「恐怕是有關妨礙我與朋友重逢的賊人。」

「？」

「雖然我認為靠我的財寶隨手一揮即可消去死亡詛咒，但沒想到對方竟然靠此等手段來掌握我的行蹤。」

「死亡……詛咒？」

吉爾伽美什看見蹙眉的緹妮後，依然露出目中無人的笑容並斷言道：

「蠢蛋，在王面前露出不安的表情，豈非不敬？」

「妳可是受到王的庇護。若有閒暇畏懼詛咒，還不如轉而敬畏我。」

×

同時刻 柯茲曼特殊矯正中心

×

此處為透過眾多現代化器具的螢幕，反映出來自使魔或魔術性監視裝置景象的一間充滿扭曲氛圍的監視房間。

該房間的主人法迪烏斯凝視收集來的資料並蹙眉。

——果然有必要盡早排除巴茲迪洛。

——不對，或許身為後盾的史夸堤奧家族才是問題所在。

——他們不拘泥於聖杯戰爭的結果，照這下去，韁繩早晚會脫手。

——若真是如此，那其他部署早已……即使加上白宮的總戰力，也缺少能阻止史夸堤奧家族的手段。

儘管法迪烏斯沒從表情上透露出想法，內心卻充滿苦澀。

問題還不僅如此。

也無法詳細掌握繰丘夫妻的動向，既然無從得知對方召喚出的使役者的詳細資訊，便不能冒然出手。

——那隻銀狼召喚出的英靈……恐怕是巴比倫尼亞的泥人偶，如果他是槍兵，那繰丘召喚出的不是騎兵就是狂戰士。

銀狼召喚出的疑似槍兵的英靈，恩奇都。

由化為屍體的捷斯塔．卡托雷一派召喚出疑似刺客的女子。

警察局長召喚出的魔法師，亞歷山大．大仲馬。

以及緹妮．契爾克使役的弓兵，英雄王吉爾伽美什。

——費拉特．厄斯克德司似乎曾在公園和英靈進行某種交流……既然如此，那他的英靈並非狂戰士的可能性很高。

——這麼一來，繰丘夫妻召喚出的英靈就很有可能是狂戰士。

雖然法迪烏斯掌握到繰丘夫妻打算召喚出始皇帝一事，但他無法理解，將那名能巧妙組織戰略與戰術的英雄，以狂戰士職階召喚出的意義何在。

若真的出了什麼差錯，始皇帝作為狂戰士顯現的話，那繰丘夫妻就有可能受到瘋狂支配，然而這一切都只是法迪烏斯的推測。

法迪烏斯也考慮過讓自己召喚出的真刺客去偵查動向，但萬一繰丘召喚出相性與真刺客差到足以稱為天敵的英靈為他們所用，那自己就只能眼睜睜地失去強而有力的棋子。

——真是的，一波未平一波又起。

召喚出劍兵的卡修勒為假刺客所殺，召喚出真騎兵的朵麗絲．魯珊德拉不願協助法迪烏斯而不打算主動聯絡，預定召喚出真狂戰士的哈露莉又音訊全無。照順序來看已經召喚出槍兵的西格瑪卻僅簡短聯絡說「的確是召喚出了什麼，但不確定對方的真實身分。等掌握真名後再報告」。

──我們的目的，無法由聖杯實現。

──在那之前……得先繼續解析第三魔法才行。

假如得到聖杯，許下「希望掌握第三魔法」的願望又會如何呢？

法迪烏斯不經意地思索起這種孩子氣的事，但判斷此事再怎麼想都不會有好處後，便決定不再繼續想下去。

──是沒必要執著在個人輸贏上……但勝利必須操之我方手上。

雖然緹妮．契爾克並未追尋聖杯，但假如聖杯到她手上後，許下「希望能破壞史諾非爾德的聖杯系統」這種願望，屆時情況不知又會如何轉變。心生此等憂慮的法迪烏斯內心鳴響警報。

──最壞的手段就是請內奸抹消緹妮……只是這要待英雄王與其他使役者戰鬥時，產生了空隙才能動手。

──不過，在那之前……無法掌握劍兵的動向也是個問題。

──城鎮中的各個重點位置都有設置監視錄影機……卻都沒拍到那名眼鏡女。

──雖然猜測她和艾因茲貝倫的人造人有所接觸……

持續監視的「白色女子」——艾因茲貝倫的人造人，儘管昨晚暫時消聲匿跡，但目前又處於監視網下。

然而，奇妙的是她早上卻出入城裡的購物商場與賭場，行動上看不出一致性。

——難道是攪亂我們的陷阱？想必她當然注意到自己正受人監視。

實在是一切都不如人意。

法迪烏斯為接二連三冒出問題的狀況而頭痛，接著忍不住按住眼角。

「迪奧蘭德部長。」

女性部屬出聲喊了頭痛的法迪烏斯．迪奧蘭德。

「怎麼了嗎，愛德菈小姐？」

「是關於待在城裡沒能當上主人的魔術師們……他們的舉動很奇怪。」

「？」

法迪烏斯讀起交到自己手上的報告書，隨後也主動望向無數監視螢幕的其中幾面。

「……確實很奇怪。」

原本有好幾成魔術師們在中午前就離開城鎮。

想必是許多人看見沙漠的隕石坑後嚇到腿軟。另外還有許多魔術師被假刺客——過分熱情的狂信者下手殺害。

半吊子的魔術師們在此等情況下，會認為「自己無法應付」而逃跑也在所難免。

不過——奇怪的是接下來的部分。

理應在中午前開車或騎車離開城鎮的魔術師們，卻一致迴轉並返回史諾菲爾德市中心。

「……難道說，在離開城鎮的瞬間被其他人僱用？」

首先腦中浮現的是鐘塔的介入。

法迪烏斯推測，或許是鐘塔盯上離開城鎮的魔術師們，保證會付給他們某種代價，讓他們成為了鐘塔的棋子。

然而，愛德菈接下來的話卻否定該推測。

「並非只有魔術師，部長。」

「……什麼？」

「以某個時間為分界，因為工作等理由離開城鎮的一般人，也全體折返回城裡。」

某種冰冷的不協調感穿透法迪烏斯全身。

「……」

法迪烏斯深切體認到自己的認知太天真。

在城鎮中正引發脫離一般魔術師掌控範圍的，規模誇張的「某種現象」。

縱使這點千真萬確，理由卻不得而知。

——驅散人的結界？不對……既然是回到城裡，那應該稱為聚集人的結界……？

——目的又是什麼？

——是聽說過在冬木的第五次聖杯戰爭中，有英靈會從一般人身上收集體內魔力……

但第五次聖杯戰爭的黑盒子實在太多，那名英靈最後迎來何種末路也無從得知。

不過，實際上那段時期確實曾引發一般市民集體昏倒的事件，最後收到的訊息則是聖堂教會隱蔽為瓦斯意外。

有關此事，在當地的高中生間，還流傳起「其實是美軍掉到地底的化學武器未爆彈中溢出瓦斯」等謠言，印象中法迪烏斯曾聽說，他的同事們還忙於消滅這些與事實有所出入的謠言。

——化學武器……未爆彈。若能僅止於這類謠言就好了。

——考慮到我們的處理能力，光是隕石坑一事就已經忙不過來。

——史諾菲爾德的人口是八十萬……

——我們是有做好假如居民全體消失，姑且還能應付的準備……

——但如果可以的話，真希望不會演變成如此麻煩的情況。

當法迪烏斯思索著這類事情時——

察覺到自己握緊拳頭的手中，居然被迫揑住某樣物品。

那是張寫著片斷文字的便條紙，當法迪烏斯小心攤開那張被揉成一團的便條紙後，發覺上面明確記載著給自己的訊息。

——【汝還沒察覺到嗎？】

——【這座設施的結界之壁很厚重。】

——【因此，那個尚未潛入此處。】

「……」

在此次聖杯戰爭中，與法迪烏斯締結契約的真刺客——哈山．薩瓦哈鮮少主動找他搭話。

他似乎很忌諱由自己主動出聲，因此經常借助這類手段交談。

而且紙條上的那些文字，必定會像是法迪烏斯自己胡亂草寫的文字。

簡直像萬一被他人看見時，就能讓對方誤以為，名為刺客的英靈這存在本身不過是法迪烏斯的妄想。

「那個……是指什麼？」

法迪烏斯小聲嘟噥道。

彷彿答覆他這問題般，正在傳送接收資料的電腦，其中一台的畫面開始冒出雜訊。

一行簡短文字列彷彿要填補這縫隙般浮起，深刻烙印進法迪烏斯腦海內。

文字列相當簡短，上頭僅記載法迪烏斯疑問的答覆。

×　　　　×

兩小時後　廉價汽車旅館

「唉，總算出得去了！」

費拉特・厄斯克德司拉開室內的窗簾，沐浴在照射進屋內的陽光下，並高高舉起雙臂。

「真沒想到會被那樣痛罵一頓……」

用力伸懶腰的動作轉眼間結束，接著費拉特失落地垂下肩膀並嘆息。

「而且，召喚傑克先生的觸媒，根本不是教授為我準備的，全是我冒然下的判斷……」

繫在他左手腕上的蒸汽龐克風手錶，響起給人成熟紳士印象的聲音。

「這跟我得知自己是用電視遊樂器的懸賞道具召喚出的錯愕感相比，根本不算什麼。再說，訓話才兩小時就結束不是很好嗎？」

費拉特聽到化為英靈手錶的狂戰士——開膛手傑克的安慰後輕輕搖頭。

「是長達兩小時之久才對。」

費拉特握緊剛買來的手機，整個人倒在床上哀愁地縮起身子。

從那支手機的號碼，發郵件給費拉特的老師艾梅洛二世閣下後，費拉特不出十五秒便收到來自英國的國際電話，經過約兩小時的訓話後，再開了不到三十分鐘的方針會議，直到剛才終於結束。

那是一段才接起電話就響徹男性怒吼聲，就連手錶狀態的傑克都能聽得一清二楚的漫長訓話。

雖說是從擅自橫渡美國開始，包含各種問題在內一併被訓話的內容──

──「你到底是找誰問出召喚咒文的？既然是你，肯定不是從大圖書館的資料中憑一己之力找出來的，是問遠坂嗎？」

教授如此問道。

──「啊，對喔。去問小凜就好了嘛……哎呀，雖然從我來到這座城鎮後試過很多方法，結果好像沒靠魔法陣或咒文就召喚出來了。」

當費拉特老實回答後，艾梅洛二世啞口無言了數分鐘，便再度展開氣勢更驚人的訓話。

雖說費拉特苦於精神疲勞，傑克卻刻意嚴詞以對。

「忍耐點。對全程聽完那些訓話的我而言，都是簡潔易懂，甚至無法反駁半句的妥當內容。

對方講話方式如此有效率，卻還能被如此長時間訓話，是你有問題。你就心甘情願接受這兩小時的時間消失吧。」

「我不是這個意思，傑克先生。」

「叫我狂戰士……那麼，你是指哪點不對？」

傑克以指針代替脖子傾斜，費拉特對他露出失落表情開口道：

「待在鐘塔時的教授，真的是個被各種工作追著跑的，忙碌到連一分鐘都不能浪費的人……可是卻因為我的緣故，平白浪費教授兩小時的時間……我真的覺得自己做錯事了……」

「嗯……你比想像中還替師父著想呢。」

「身為教授的弟子卻不尊敬教授的人，頂多只有三、四人！」

「原來還是有這種人啊……不過光是透過電話就能了解，他想必是名優秀的『魔術老師』。再從過去他在聖杯戰爭中倖存下來這點判斷，他作為『魔術師』肯定也是一流的。」

聽到傑克老實吐露的感想後，費拉特頓時表露心花怒放的表情。

「這是當然！不只聖杯戰爭，教授還解決很多其他鐘塔的事件！例如『剝離城亞德樂，月下之爭奪刻印連續殺人事件』、『危險美女消失於雙貌塔事件』還有『超特快列車，審判之眼事件』，我想想，還有……」

「嗯。你會擅自替事件取名字，還會加油添醋，害教授閣下的胃不停承受莫大傷害，這點我已經很清楚了。」

「討厭啦，我才沒加油添醋。教授真的是連在鐘塔都被視為傳說的人物！啊，對了！要不然你想和教授通電話嗎？剛才我也說過他是個大忙人，所以我想電話只能講一下子……」

傑克聽到費拉特的提議，思考數秒後大幅晃動長針。

「還是免了。雖然剛才只有講到一點話，他好像已經看透我了……該怎麼說呢，簡直有股要把我重新組裝成不同物品的氛圍。」

「啊～……哎，和教授講過話的人確實都會這麼說，不過他那樣其實沒有惡意……」

「嗯，我知道他不是企圖這麼做，應該純粹只是習慣吧。話雖如此，那種能看透本質的能力還是令人沒由來地害怕。要是繼續下去，我可能光是跟他講話就會滿足於自己的存在，在無法實現夢想的情況下就升天了。」

「是這樣嗎……」

費拉特從床上坐起身，語氣中似乎透露遺憾。

傑克對遺憾的他繼續說道：

「不過，我能理解他是值得信賴的人物。如果是我知識裡的那些魔術師中的魔術師，肯定會拚命哄我，利用各種花言巧語勸我放棄聖杯戰爭，再招我去鐘塔才對。畢竟我的存在本身就是寶貴的研究對象。他之所以沒這麼做，如果不是不像魔術師的濫好人，就是比起眼前的利益得失能

更綜觀大局的人物。」

儘管他們確實僅對話片刻，但傑克對於艾梅洛二世閣下這名人物卻有某種程度的信賴——或者該說能感受到某種共鳴。

共鳴即是指「該人物也因為費拉特的緣故，所以操心受累」這一點。

費拉特在不曉得自己的過度奔放，致使老師與使役者之間孕育出一股團結感的情況下，拉開窗簾，望向充滿燦爛陽光的戶外。

「嗯！教授真的很厲害！比我更能放眼未來……」

此時手錶懷疑地詢問就這麼凝視著窗外的費拉特。

「怎麼了嗎？我想你還是別露臉比較好。剛才教授閣下也跟你說過，今後的方針就是『老實躲起來』吧。」

「嗯，你說得沒錯……我只是在想，霧還真濃……」

「霧？」

或許是在意起與自己有所牽扯的單字，傑克同樣望向窗外，但盡收眼底的是在璀璨陽光照耀下，相當清晰的景色。

「你在胡說什麼？根本就沒起霧吧？」

傑克心想難道是費拉特的眼睛出了什麼毛病，但頓時變得面無表情的費拉特，隨即答覆傑克。

「不……我不是這個意思……是魔力的霧……哎，剛來到這座城鎮時就有起一點霧，我還以為是受到聖杯影響……」

「？」

講話隻言片語的費拉特暫時觀察窗外一陣子後，再次認真說道：

「狂戰士先生，這霧或許不妙啊。」

「怎麼回事？」

「我們……可能被某種非常危險的東西包圍了……」

「！難道是敵方英靈的攻擊！汽車旅館也被結界包圍了嗎？」

傑克雖不太懂費拉特嘴裡的「霧」是什麼意思，但他清楚費拉特雖是天然呆性格，但並非是會開這類玩笑的人。

然而，聽到費拉特給予的答覆後——傑克竟希望費拉特真的只是在開玩笑。

「不只是汽車旅館而已。這霧……最少也覆蓋住整座城鎮了。」

幕間
「看守」
Watcher

沼澤地宅邸

時間回溯至英雄王與神祕弓兵對峙時。

在聖杯戰爭中召喚來的英靈，基本上分為「劍兵」、「弓兵」、「槍兵」、「魔法師」、「騎兵」、「刺客」、「狂戰士」等七個職階。

然而，據說還有不屬於上述任何職階，以「特殊職階」召喚來的罕見情況，實際上在冬木的第三次聖杯戰爭就有記錄顯示，有英靈以被稱為「復仇者」的職階召喚出來。

西格瑪聆聽著這些知識，坐在宅邸一樓某間書房內的椅子上提問。

「然後呢？……所謂『看守（Watcher）』是特殊職階嗎？」

聽到西格瑪的問題，當時現身的「影子」——背後附有翅膀的少年答道：

「正確來說有點不同。若是維持冬木的系統，就不會發生三騎士變成特殊職階的事。但從剩餘的相位來看，要在聖杯戰爭戰鬥的使役者應該是槍兵。不過，變成槍兵使役者的並非英靈而是你。你所召喚出的事物，就是為了讓你活著成為槍兵才出現的障壁乃至守衛。」

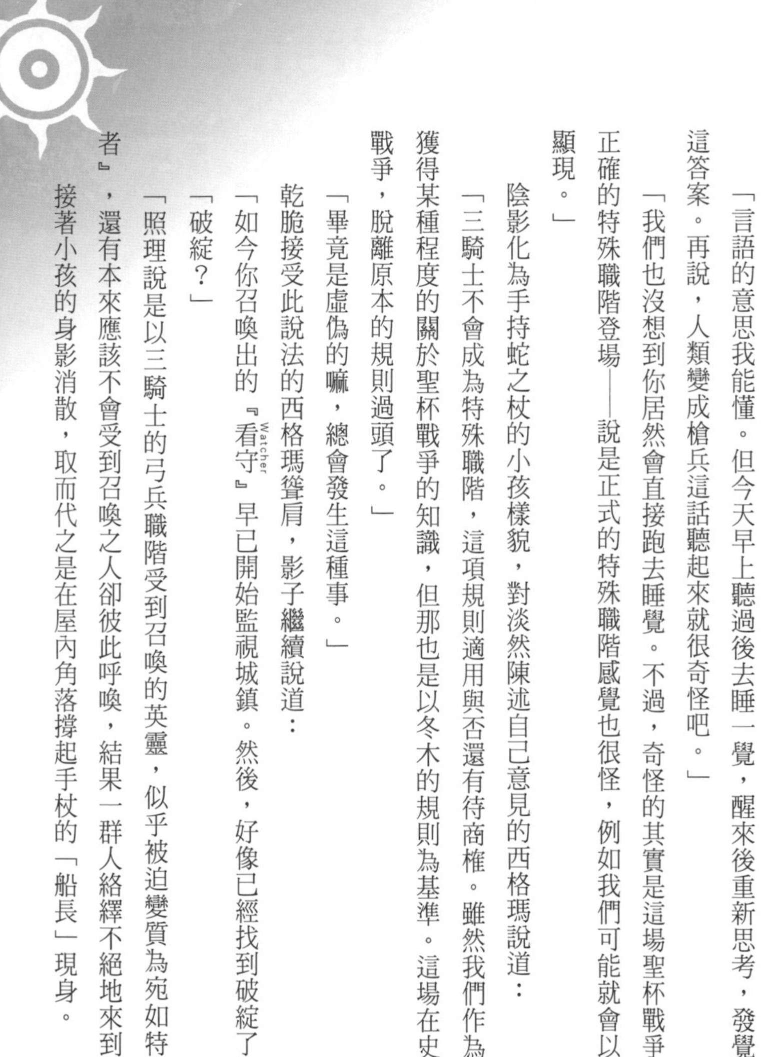

「言語的意思我能懂。但今天早上聽過後去睡一覺，醒來後重新思考，發覺我根本不能接受這答案。再說，人類變成槍兵這話聽起來就很奇怪吧。」

「我們也沒想到你居然會直接跑去睡覺。不過，奇怪的其實是這場聖杯戰爭。假如我們是以正確的特殊職階登場——說是正式的特殊職階感覺也很怪，例如我們可能就會以『門衛』的身分顯現。」

陰影化為手持蛇之杖的小孩樣貌，對淡然陳述自己意見的西格瑪說道：

「三騎士不會成為特殊職階，這項規則適用與否還有待商榷。雖然我們作為『影子』從聖杯獲得某種程度的關於聖杯戰爭的知識，但那也是以冬木的規則為基準。這場在史諾菲爾德的聖杯戰爭，脫離原本的規則過頭了。」

「畢竟是虛偽的嘛，總會發生這種事。」

乾脆接受此說法的西格瑪聳肩，影子繼續說道：

「如今你召喚出的『看守（Watcher）』早已開始監視城鎮。然後，好像已經找到破綻了。」

「破綻？」

「照理說是以三騎士的弓兵職階受到召喚的英靈，似乎被迫變質為宛如特殊職階的『復仇者』，還有本來應該不會受到召喚之人卻彼此呼喚，結果一群人絡繹不絕地來到這塊土地上。」

接著小孩的身影消散，取而代之是在屋內角落撐起手杖的「船長」現身。

「是啊，在溪谷那邊有類似我的氣息……」

「……類似的氣息？」

「是令我既懷念又激動的氣味。我能感受到，從比肺腑更深處湧出的純粹憤怒。啊～如果我是以正確的英靈身分被召喚來，想必將不是騎兵，而是會以復仇為基礎的職階顯現吧。未能實現……而是成為『那個』的影子，實屬遺憾。」

西格瑪感受到船長的言詞間逐漸抹消感情，彷彿有股冰冷卻沸騰如岩漿般，令人恐懼的躍動位於深處，西格瑪並沒特別追問下去。

儘管自稱影子的他們偶爾會說出遺憾或憎恨之類的話，但全是些西格瑪不感興趣的內容，而且也不像是能得知自己召喚出的英靈真名的線索，所以基本上都是聽過就算。

然而或許是天性使然，又或許是基於幼年期受過的特殊訓練的緣故。原本打算聽過就算了的內容，那些流瀉進耳裡的話，全都仔細烙印在腦海內。

不過，也不能老是光聽對方抱怨。

西格瑪從剛才聽到的內容彙整出好幾項資訊，再朝影子們拋出疑問。

「換句話說，你們……正在客觀地觀測這座城鎮的聖杯戰爭？」

「正確來說不是我們，而是你召喚來的存在……正在觀測呢。」

×

×

市內某處　大仲馬的書房

「……總覺得，從今天早上就感覺到奇怪的視線。」

正在別人幫自己準備的房間內替「九頭蛇之毒短劍」「改稿」的魔法師——亞歷山大·大仲馬歪著頭環視起周圍。

映入眼簾的是熟悉的房間。

無數的書架，以及堆積如山的書籍。

五花八門的菜餚與點心陳列在桌上。

連接網路的筆記型電腦。

造型老舊的有線電話。

但是，總覺得有什麼不同。

大仲馬感受到如同空間的「質」本身變質了般的不協調感，露齒竊笑後繼續愉快地展開作業。

「好吧，算了。反正觀眾越多越好。」

彷彿相當愉快地，斷定出乎預料的意外也是舞台劇的醍醐味一般。

「如此大規模的即興劇目，只有我一人享受可是會遭天譴的！哈哈！」

×　×

沼澤地宅邸

「那就告訴我，從你們的視角來看，我看起來如何？」

西格瑪基於忽然冒出的好奇心，詢問起影子們。

西格瑪未曾思考過關於自己是什麼人。

不僅是對於這世間發生的事，就連自己本身都不感興趣。

甚至無法正確掌握自己的年齡。

儘管其外表令多數人判斷應該是十幾歲後半，但他察覺到自己的身體早在好幾年前就停止成長與老化。

僱主曾對他說：「你的身體在少年兵時代被魔術師調整過頭了，壽命大概會比普通人短吧。

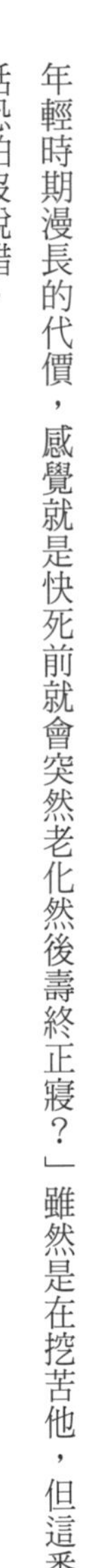

年輕時期漫長的代價，感覺就是快死前就會突然老化然後壽終正寢？」雖然是在挖苦他，但這番話恐怕沒說錯。

然而，這問題根本無關緊要。

再說他早已清楚理解到，自己的職業想壽終正寢的機率根本低到不行。

不過，他卻在意起這樣的自己是何種存在。

西格瑪並不相信神佛。

只是在他參與聖杯戰爭的當下，便已經理解到自己遠遠不及的「力量」確實存在。當然他僅止於理解，並不打算信仰那份「力量」。

奇怪的是，不知為何西格瑪相當在意，那份所謂宏大的力量究竟會如何看待並評斷自己。

想必對方會稱自己是垃圾，再不然就是形同空氣的存在。

或許對方會認定自己沒有存活價值，但他認為這也是在所難免。

雖然對方叫自己去死他不會照辦，但如果被說成「你沒有存在意義」，目前的西格瑪無法為此列舉足以反駁的理由。

當西格瑪思考著這種事時，呈現「持蛇杖小孩」樣貌的影子似乎很傷腦筋地搖頭。

「抱歉，看守(Watcher)無法看穿從過去到現在的一切，只能持續觀察受到召喚的瞬間以後的事。因此看守(Watcher)判斷，目前你尚且並非任何人物。」

「不是『尚且』，而是從今以後也不會是任何人物。」

「這很難說，或許你能成為一名人物。況且只要獲得聖杯，你就有可能獲得媲美英靈們的力量。」

萬能的願望機，聖杯。

西格瑪重新思考，假如得到聖杯的話該怎麼辦。

然而，內心仍舊無法湧現獲得那種誇張玩意兒時會想許的願望。

「……如果我獲得聖杯……就有辦法作點至少更接近常人的夢嗎？當然我不是指晚上睡覺作的夢，而是宏大心願的意思……」

聽著西格瑪語無倫次的說明，手持蛇之杖的小孩發出開朗聲音並頷首。

「嗯，很好喔！沒錯，獲得了聖杯，你肯定就能看見夢想——只要看守(Watcher)繼續監視著現實呢～」

「監視城裡發生什麼事的能力……若是尋常使役者獲得這種力量，想必聖杯戰爭沒兩下就分出勝負了吧。」

「說得沒錯，小鬼！你總算注意到了。」

「船長」露出凶狠笑容後說道：

「嗯，沒錯。如果其他參加者知道你的能力，聖杯戰爭首先就會變成你的爭奪戰了吧！」

「……咦？」

此時西格瑪略微蹙眉。

稍微經過一番思考，便理解到「船長」的話再合理不過。

「原來如此，目前的我只是類似補給物資而已。」

「小鬼，你可是被送到戰場正中央，僅有一個的寶貴物資。想必之後會發生相當激烈的爭奪戰吧。」

「那倒無所謂，只是我不想受牽連而死。」

雖沒有夢想，但他厭惡疼痛也不想死，更不願意挨餓。

西格瑪思考起，為滿足這種最低程度的慾望，自己究竟該做些什麼。

接著，揹負翅膀的少年流露溫柔笑容並說道：

「只要變強即可。變成並非受牽連，而是能牽連他人的一方。」

「別強人所難了。畢竟就連我的僱主，都是脫離常識範圍的魔術師。」

「只要超越障壁即可。想必看守（Watcher）會持續賦予你蠻不講理的試煉。想必只要能熬過那些試煉，你就能一點一滴成為某名人物。你就會不再是單純的魔術師A了呢。」

西格瑪耳聞翅膀少年的話，依然面無表情地思考——

接著，這是他第一次，對他們所說的話提出反對。

是作為表明逃離死亡的意志，而踏出微不足道的第一步。

「既非魔術師A，也非士兵A。」

「我是……Σ（西格瑪）。」

第八章
「第一日　午後②
徬徨之王的搖滾樂」

森林中

——我到底在做什麼呢？

這已經是沙條綾香在這二十四小時內，第幾次如此思索了呢？

綾香一邊撫摸倚靠在自己身旁，長著一身美麗皮毛的野獸腹部，同時朦朧地思考著。

——我想想，我到底在做什麼呢？

——對了，是聖杯戰爭。

銀色野獸邊發出低鳴邊磨蹭頭部。

——應該是……聖杯戰爭沒錯吧。

綾香感受著那股溫暖，一邊回想起這半天來的動向。

×　　×

半天前　史諾菲爾德市中心

就在還無法稱之為日出的時刻，打算快步遠離警察局的綾香，確認到佇立於身後的劍兵鬆了一口氣。

「？怎麼了嗎？」

「啊，沒事。只是請熟人稍微幫我去探查警察局的情況，看來受拘留的人們也都暫時被驅散去避難了。」

「所以呢？」

「畢竟我答應警察們，表示願意被軟禁到清晨。雖然我很想回去，但又不放心留妳一個人，所以還在煩惱該留誰下來。要是警察局本身沒在運作……哎，被軟禁到那前一刻，我想就算是守住情面了吧。」

瞧見講起話來語氣輕快的劍兵，這次換綾香嘆息。

「你想遵守那種約定？」

「約定可是很重要的。一旦打破，不只是打破約定的人，就連受牽連的人都會陷入不幸。」

「雖然我聽得不是很懂……但你說『該留誰下來』，你不是只有一個人嗎？」

「既然有妳在，就不算一個人吧？」

綾香聽到劍兵語帶輕挑地打算敷衍過去，不禁送出冰冷的視線。

「哈哈哈，即使妳用這種眼神看我，我也不會掀開自己的底牌喔！哎呀，如果妳真的在意到不行，那給點提示也……」

「不必了。」

綾香送出更冰冷的視線後，再度嘆一口大氣並開口。

「不過，看來你是真的擔心我……雖然我覺得你在多管閒事……不過，還是謝謝你。」

當劍兵聽見語尾細若蚊吟的謝辭後，展露笑容並搖頭。

「不必言謝，畢竟確實只是我在多管閒事。不過是做了自己想做的事還受人感激，豈不是會想拿出更多幹勁嗎？對了，如果妳走累了，要我變馬出來嗎？稍微消耗一點魔力的話，說不定威廉那小子就會現身……」

「不用，不必了，真的免了！……話說誰是威廉？你明明就沒打算跟我說明，為什麼一直洋洋得意地搬出我不認識的人名？」

綾香指責起若是放任不管，不曉得還會幹出什麼事的英靈，同時感到疑惑開口提問。

接著，劍兵瞬間撇開視線，敷衍般笑著答道：

「沒有啦，只是看妳好像很寂寞地垮著一張臉。我想只要暗示妳說有很多看不見的夥伴在，或許妳就不會感到寂寞……」

「聽起來很恐怖，快住口。」

「知道了，我不說了。好吧，『大家』的事之後再慢慢跟妳詳細解釋。」

「不解釋也無所謂……不過，除了照明的事，如果在我不曉得的時候，還有受到其他照顧的話，能幫我向那些人道謝嗎……」

接著，劍兵瞬間瞪圓雙眼後，露出微笑並讚賞起綾香。

「雖然妳總是板著臉，但其實很溫柔呢，綾香。」

「不好意思喔，總是板著臉……」

當他們進行這種對話時，隔壁冷不防傳來呼聲。

「嗨！小姐！小姐！」

「咦？」

「喔，妳果然是昨天那位小姐。之後好像有警局的人跑來，妳沒事吧？」

綾香因為最近才聽過的耳熟說話聲而回過頭，發覺身後佇立一名髮型誇張到只要見過一次就不會忘記的青年。

剃成莫西干頭，頸項還帶有刺青，臉或耳朵上隨處都穿著環，打扮成誇張龐克風格的男子——即是綾香剛進城裡時，告訴她汽車旅館地點的藥局店員。

「你是當時的……」

「沒想到居然會在這裡巧遇。旁邊的男生是？莫非是妳男朋友？」

「不，沒那回事……嗯，只能算是熟人吧。」

綾香不知道該怎麼向一般人介紹使役者，於是隨便敷衍過去。

而劍兵則是目不轉睛地，凝視莫西干頭男子與他周遭打扮成龐克風格的年輕人，再以天真無邪的語氣提問：

「雖然這麼問很沒禮貌，但我想請教，你們那身奇葩的服飾是自己縫製的嗎？還是請專業的師傅縫製的？那頭充滿反骨精神的髮型是自己梳理的嗎？」

聽見眼神閃爍光輝的劍兵這麼說後，樂團成員面面相覷，接著莫西干頭男子對綾香說道：

「妳男朋友到底是來自哪個國家啊？」

「不，就說他不是我男朋友……」

劍兵沒理會率先否定的綾香而答說。

「我來自英格蘭。不過，包含倫敦與溫徹斯特在內，我待在那片土地本身的時間並沒有很長。」

「哦，我覺得那邊應該也算是發源地耶。」

劍兵看見費解而歪頭的莫西干頭男子揹著的吉他盒，靈光乍現般地睜大雙眸並問道：

「難道你們是樂師？」

「樂師……你講話還真拗口呢，小哥。」

「是嗎，抱歉。畢竟賦予我的知識有點偏頗……怎樣才能聽到你們的音樂？去教會嗎？酒館嗎？歌劇院的話……啊啊！才剛被我破壞了……！」

即使對方視劍兵的說詞是在愚弄人也在所難免，但不可思議的是，這話聽在綾香耳裡卻絲毫感受不到惡意。

不如說，看到至今總像是為了顯得游刃有餘而與他人保持一段距離的劍兵，真的像個孩子般天真爛漫地向對方提問，綾香理解到──

──這個人……

──莫非很喜歡音樂嗎……

儘管不曉得是否有受到英靈的領袖氣質影響，但剃成莫西干頭的人們似乎同綾香一般，認為劍兵只是個「喜愛音樂的怪胎」。

「雖然聽不太懂，但我們看起來居然像是在教會演奏的人呢。哈！這可真不錯，讓我想起琥碧．戈柏演的電影。」

「那是著名歌劇家的名字嗎？」

「嗯，差不多吧。」

莫西干頭男子聳肩，對綾香與劍兵說道：

「原本我們在開通宵演唱會，結果又是聽到槍聲又是發生爆炸，於是警察跑來下達避難指示，客人就全被趕跑了。」

「……真不幸。」

綾香回想起前一刻目擊到神父與吸血鬼的戰鬥，邊滲出冷汗邊頷首。

「如何？不收你們錢，想聽我們演奏嗎？」

「不，這個嘛……」

綾香因為自己與劍兵的行蹤必須掩人耳目，以及聽到免費的邀約只會令她有所顧忌而打算婉拒，但是——

「可以嗎！謝謝！你真是好人，這份恩情即使我回歸台座也不會忘記！」

當綾香看見雙眸閃爍絢爛光輝，簡直像初次遇見電影明星的孩子般興奮的劍兵，便清楚理解到一件事。

——對，不會錯。

——這名英雄……超愛音樂。

數分鐘後。

綾香與劍兵在剃成莫西干頭的青年與樂團夥伴等人帶領下，來到位於地下室的展演空間。

「樓梯還滿陡的，要小心點。不好意思喔，因為這棟大樓很老舊了，所以沒有電梯那種時髦的玩意兒。」

莫西干頭男子或許是因為聽綾香問說「這棟大樓有電梯嗎」而理解成其他意思。聽到他一臉歉意的說詞後，綾香內心不禁萌生罪惡感。

話雖如此——綾香想到。

——這個英靈……怎麼看都是中世紀的英雄吧……？

——我不太清楚龐克樂或重金屬樂的區別，但這種時髦的搖滾樂團演奏的音樂，應該跟當代的音樂南轅北轍吧……

——呃……是叫古典樂嗎？不對，劍兵會聽的，應該是年代比莫札特或貝多芬更加久遠的音樂吧。

——如果他聽到搖滾樂就突然生氣，那該怎麼辦……即使在現代人之中，也有很多一聽到年輕人取向的音樂就火冒三丈的人……

縱然綾香腦袋內充斥著負面思考，卻因為無處可去，只好順水推舟地跟在劍兵與樂團成員身後。

於是綾香下定決心，如果劍兵吵著說「這種東西根本不算音樂！」就試試看令咒的力量，強行帶劍兵離開現場。

——令咒嗎……

——是有聽過使用方法，但我們又沒正式締結契約，真的會有效嗎……

——再說，我的好像還是假令咒……

僅僅是為搶奪主人權利才製作的「虛偽令咒」。

植在綾香身上的五道花紋是來到這塊土地前，「白色女子」施加在自己身上的。

即使「白色女子」聲稱這些花紋和真正的令咒一樣有對使役者的命令權，但綾香認為這番話有多少可信度實在很可疑。

畢竟在這個時間點，聖杯戰爭的發展已經和「白色女子」告知她的內容大有出入。

——「聖杯戰爭必須受到隱蔽，在沒人看見的地方悄悄彼此廝殺」……根本從這點開始就不一樣了……

——即使這些令咒是真的，我有辦法做出那種像魔術師的舉動嗎……

覺得彷彿即將被不安壓垮的綾香繼續下樓梯。

同時做好往後會有尚未見識過的地獄等待自己的覺悟。

就結果而言，綾香的覺悟全以杞人憂天告終。

「真厲害……！」

這是場只有綾香與劍兵，以及沒去避難的數名展演空間工作人員當觀眾的寂寥演唱會。但是，在演奏告一段落時，劍兵一人便送上足以匹敵上百名歌迷的歡聲雷動的喝采。

「太美妙了！真感動！真希望這份感動能寫成詩歌獻給亞法隆……不，不需要過度的裝飾！僅需一句美妙足矣！綾香，這可真驚人！這個時代的吟遊詩人全都會演奏如此激情的音樂嗎！」

「咦，不，嗯……」

雙眼閃爍光輝的劍兵以只有綾香能聽見的說話聲，問起窮於答覆的她。

「他們演奏的音樂叫什麼？和我那個時代的音樂簡直天差地遠，有詳細區分嗎？為何台座不授與我這方面的知識呢……明明沒有任何事比這更重要！這場聖杯戰爭果然很奇怪，很可能跟尋常的有所不同。」

「我想奇怪的應該是你……這種音樂……應該是叫龐克？不，還是重金屬呢……」

接著，莫西干頭的吉他手或許是察覺到兩人在竊竊私語，當演奏差不多結束時，因為聽到綾香的話而開口：

「那個啊，哪種類型都無所謂。不久前還有人在吵是重金屬或龐克而打起來，但我們就只想隨心所欲演奏而已。嗯，只要當成搖滾樂就好了。」

看來他們似乎不會特別拘泥於音樂的稱呼，看見聽到自己演奏的音樂而流露出純粹喜悅的劍兵，似乎顯得有點害臊。

「搖滾樂！是嗎，這種音樂就叫搖滾樂嗎！」

接著，劍兵望向莫西干頭男子拿著的電吉他。

「這就是現代的樂器！雖然這音色我是第一次聽到，簡直像轟隆作響的雷鳴與旋律完美調和！感覺好像全體臟腑連同靈魂一併被抓緊似的！」

莫西干頭的青年聽見劍兵猶如初次見識電吉他的言論，一臉不可思議地提問：

「……呃，剛才我還以為你們在聊是重金屬或龐克這類瑣碎的話題，難道你連搖滾都是第一次聽嗎？」

「啊，搖滾樂會簡稱為搖滾啊。哎呀，真難為情，我還是第一次聽到。在不同時期或地點或許曾聽過，但至少現在的我沒有這方面的記憶。沒想到居然能獲得如此新鮮的感動！」

「輸給你了……小哥，你是從英國的哪座深山裡來的啊？」

「簡直像真正的騎士穿越時光跑來不是嗎？」

女貝斯手不過是在開玩笑，但綾香只能露出苦笑。

莫西干頭的青年遞出自己的電吉他，給如孩子般歡喜的劍兵。

「既然如此，要摸摸看嗎？」

「……可以嗎？」

接下來，劍兵便展開獨奏會。

當綾香目睹初次接觸就能熟練彈奏吉他的劍兵，不禁開始依稀思考起「果然只要當上英雄，就什麼都能辦到」這種有點離題的事。

簡直像為了避免自己沉迷於劍兵所演奏的音色。

當綾香待在屋內角落發呆時，包含拿來別把吉他的莫西干頭青年在內，其他成員也開始配合起劍兵演奏的音樂，最後還用攝影機拍攝起演奏畫面。

看來劍兵深受樂團成員們歡迎，他們甚至開始聊起早餐要吃什麼。

更甚者，劍兵曾幾何時居然脫掉鎧甲，或許是有人順手讓出一套丟在服裝間的衣服，劍兵已經打扮成感覺頗有一回事的樂團手。

這身打扮與參雜紅髮的金髮互相輝映，還算適合本人這點反倒令綾香錯愕。

——……這話由拒絕參加的我來說也很奇怪……

——這名英靈，是認真想去搶奪聖杯嗎……？

當樂團成員們說要去換衣服而回去休息室後，劍兵來到坐在舞台角落的綾香身旁說道：

「綾香，妳沒事吧？不會想睡覺嗎？」

「多虧一直暴露在充斥電吉他樂聲的環境下，我想睡也睡不著。」

「哈哈，真是抱歉。」

劍兵笑嘻嘻地在綾香身旁輕巧坐下後，小聲對綾香說：

「……這間地下室沒有魔術性禮裝，也沒連結到外頭的監視裝置，想睡就只能趁現在嘍。」

耳聞此番發言的綾香眼鏡後方的雙眼不禁睜大。

綾香原本還以為劍兵因為聽到音樂而喜悅過度，別說聖杯戰爭，甚至早已忘記他們其實還在逃亡，沒想到竟然會如此設想。

「……你剛才都是在演戲嗎？」

「？演什麼戲？」

「呃……就是假裝聽到音樂很感動……」

「怎麼可能！我是真的很感動！難道綾香妳一點也不感動嗎！」

劍兵語畢，環視周圍的舞台與觀眾席一圈後繼續說道：

「老實說，一開始我只是稍微期待能潛入沒有魔術師的地方，然後還能順便聽一下現代音樂就好。不過，有幸能欣賞到變化如此之大的旋律實在相當僥倖。我還想感謝沒有阻止我的綾香妳呢。」

「哎，當時的氣氛也很難阻止你嘛。別看莫西干頭的人那副尊容，其實他心腸還挺好的。」

接著綾香嘆口氣，對劍兵開口：

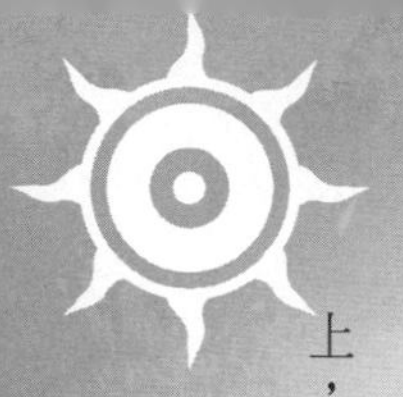

「嗯，其實我也不討厭聽歌。因為你實在太激動了，害我有點嚇到。」

「是嗎，那還真抱歉……不過，他們真的很厲害！即使歌詞中描述著自身抑鬱的心境，卻沒變成單純的抱怨。而是配合流露激情的音樂吶喊，藉此向全世界宣揚自己的存在呢！畢竟過去我常聽的，全是讚揚偉大的祖王亞瑟・潘德拉岡與圓桌騎士們的英雄事蹟的詩歌。」

當綾香看見劍兵緬懷過往的同時，露出同前一刻般閃耀光輝的眼神後心想：

——這名英雄跟我完全相反……是真的打從心底愉快地談論著各種事情。

——跟只會負面思考的我有天壤之別……

——跟我這種人的魔力連繫在一起，或許會害這個人得不到聖杯。

「欸。」

「嗯？怎麼了？想睡的話，我去幫妳問問看有沒有寢具。」

「不是……我問你，你拿到聖杯後想許什麼願望？」

於是劍兵似乎很驚訝地說道：

「哎呀，真稀奇。綾香妳居然會主動問有關聖杯戰爭的問題。」

「……這沒什麼。如果是什麼很重要的理由……那我必須向你道歉。因為在獲得聖杯這件事上，我可能完全派不上用場。」

接著，聽見這番話的劍兵露出略顯吃驚的表情。

「妳居然在介意這種事？妳能像這樣提供我顯現時所需要的魔力，怎麼可能會派不上用場啊。」

「真不好意思喔。別看我這樣，我很膽小的。」

如此說道的綾香從劍兵臉上撇開視線。

當劍兵看見這樣的綾香後，煩惱一會兒後開口：

「渴望聖杯的理由……連我也想知道啊。」

「……什麼意思？不是因為有想對聖杯許的願望，才會被召喚出來嗎？」

「照理說應該是這樣沒錯，但其實連受到召喚的我，都不清楚自己渴望聖杯的理由……在魔術師們稱為『座』的特殊地點，不僅是空間，連時間與世界線都含混不清。說不定是在將來，或者是在別的地點受召喚時，我才會產生想要聖杯的理由，至少目前的我腦中沒那份記憶。」

「關於時間和記憶我是不太懂……真的沒有嗎？聖杯什麼願望都能實現吧？」

「要說我對生前所為一點也不後悔，那是假的，但至少沒發生過需要向聖杯許願的事。如果真的到手，那就獲得肉身，認真學習這個時代的音樂與戲曲也行。這麼做或許沒什麼意義，但我的靈魂所在之處……我希望能盡可能多帶點樂曲與英雄傳說，回我剛剛提到的『座』那邊去。」

綾香不清楚這番話究竟是玩笑還是認真，只是當她回頭面對劍兵時，發覺他是一臉嚴肅地在思考。

看見那副表情，綾香不知為何，理解他的話並非用來隱藏真心的搪塞說詞。

這名劍兵是真的不知道。

不知道自己為何會以渴望聖杯者的身分受到召喚。

「對英靈而言，尋求聖杯的理由應該是五花八門。或許並非有願望，而是對聖杯懷有別種意圖……好比說有的英靈可能是想破壞聖杯才受到召喚。舉例來說，出現在召喚我出來的地點的，那個疑似刺客的英靈，她會這麼想感覺也不奇怪吧。」

接著，劍兵回顧起自己的過往再繼續說道：

「的確，那個是偉大的亞瑟王曾經尋求的聖杯。對尊敬亞瑟王的我而言，是務必想到手的東西。我是想將聖杯贈送到亞瑟王真正長眠的墓地……卻也沒想要到得踐踏其他英雄的宏願，甚至令他人暴露於危險下的程度。」

語畢後，稍微隔一段空檔，劍兵邊苦笑邊朝向虛空的某人頷首。

「嗯，說得對。這不像是受到圓桌的寶物所誘惑，因而被你用箭射穿的我會講的台詞。不過，會視此事為教訓的我也很值得欽佩吧？」

「又在跟看不見的人講話……」

綾香心想前一刻的約定到底跑哪去而差點再次嘆息時——

下一刻，卻發生令綾香將那道嘆息嚥回去的事。

「我介紹給妳吧。我讓魔力的通道連繫得更強一點……」

話還沒說完，劍兵便輕觸綾香右手上的刺青。

「等等，你幹嘛……」

觸碰的瞬間，明瞭的「景色」侵蝕進她腦海內。

「啊……」

在類似西洋城堡或要塞的監視塔的地方，那個人就佇立於中央凝視著自己。是一個全身纏滿繃帶，手持弩弓的男子。

其眼神之銳利如盯上獵物的老鷹，而繃帶間卻又能窺見柔和的神色。

男子望向綾香這邊，流露出略顯傷腦筋的眼神後微微頷首。

就在男子點頭的同時，綾香的視野回歸到原本的展演空間中。

「剛才那是……？」

劍兵笑著答覆由於看見非現實景象而困惑的綾香。

「皮耶·巴西萊，技巧高超的弓兵。」

「是誰？」

縱使劍兵說要介紹，但只聽到人名的綾香根本什麼都沒弄懂。綾香進而要求更詳細的說明，但一聽到劍兵脫口而出的下一句話，只能像條金魚般啞口無言地開闔嘴巴。

「是殺死我的男人。」

「……咦？」

「我能使用的寶具……應該說，能用的殺手鐗有兩樣。其中一樣，是讓好幾個我所挑選而對方也同意之人的靈魂，從台座之類的地方複寫後帶來，並與我同行的能力。」

「……？」

劍兵在愣住的綾香面前，爽快地開始解釋自己作為英靈所擁有的特性。

「要像使役者那樣，最初就以實體模樣顯現到最後根本就不可能。若是想讓他們一起顯現，就會需要多到不合理的魔力。普通的魔術師甚至會立刻枯竭。」

「不……這個嘛。」

「取而代之則是，像在歌劇院彈飛那女人手臂的箭矢，還有在一片漆黑的警察局時使用的發光水球般，我能透過自身的魔力去用那些『技能』或『魔術』好助我一臂之力。還有，他們雖然能稀鬆平常地跟我對話，但綾香似乎得像剛才那樣另外讓魔力流通才行。」

「……不，等一下。」

綾香之所以臉頰抽搐，原因並非聽不懂對話內容。

雖說不諳魔術，但畢竟「白色女子」有灌輸最低限度的知識給綾香，因此劍兵話裡的意思她勉強還懂。

正因為如此，綾香才無法接受劍兵的言行。

「附帶一提，另一樣寶具是……」

「不，我都叫你等一下了！慢著！」

「怎麼啦？」

綾香以手指按住太陽穴，對被她大聲打斷對話的劍兵說道：

「你怎麼從剛才開始就這麼突然！告訴我殺死你的人的名字，不就等於告訴我真名嗎！」

「哦，妳認識皮耶嗎？」

「……不，雖然對皮耶先生很抱歉，但我真的不認識他，而且老實說，我也還不知道你的真名，不過這番話被其他對歷史知之甚詳的魔術師聽到的話，真名肯定會曝光吧！」

劍兵的態度與驚慌失措的綾香成反比，歪著頭嘟噥起「難道我的知名度很低嗎……」隨後露出嚴肅表情頷首。

「嗯，被聽到的話，真名應該會曝光吧。但我要講的可不只這些！接下來我還打算告訴妳真

名。」

「你到底在想什麼！」

「剛才在警察局我不是說過『會見機告訴妳真名』嗎？現在講的話就不必擔心被其他魔術師聽到，我認為算是絕佳時機。畢竟要擊潰所有在城裡的客棧與街道上的監視之眼，還是有其難度。」

劍兵表示另一方面，至少這間展演空間沒有裝設竊聽器或使魔出沒。既然如此，那樂團成員全體回到休息室的眼下，或許確實是說出真名的好時機，但在那之前，其實還有堆積如山的問題。

「……你的道理我懂，但還是別說為妙。」

「為什麼？」

綾香聽到劍兵一臉不可思議地提問後，以飽含力道的言詞答覆。

「我和你只是靠魔力連繫在一起吧？根本不是正式的主人與使役者的關係！所以你的真名還是保留起來，等以後遇到更好的主人再說。在這裡告訴我這種人，你只會吃虧……」

儘管綾香以至今為止最嚴肅的態度打算出言制止劍兵——

「我名為理查！是諾曼第的君王及英格蘭的國王！」

劍兵的神情突然嚴肅起來，乾脆打斷綾香的話，話雖如此，卻猶如包容著綾香而以宏亮嗓音談論起自身真名。

「……」

「不過既然我已經死了，應該算是『前』君王及國王才對。」

劍兵再度對依然張口愣住的綾香，露出如淘氣孩童般的笑容並聳肩。

「比起真名或地位……『獅心王』的稱號可能還比較廣為人知。」

×　×

現在　森林中

——真是的，我被不得了的國王牽連了呢。

即使報出真名，劍兵對待綾香的態度仍舊一如既往。

縱然綾香最初因為聽到「國王」這單詞而畏縮，但隨後目睹劍兵因為享用樂團手們買回來的速食而深受感動，又在展演空間內一心一意地欣賞音樂的景象後，於是綾香決定別太在意對方生前的立場。

——「爵士……古典樂……藍調……流行樂……每種都太棒了！哦哦，田園詩、艾斯坦碧舞曲、雜詩……南方詩人們的詩歌也有嶄新的一面嗎！」

或許是因為展演空間老闆的興趣，此處備齊世界各地五花八門的音樂CD，劍兵每聽一片就不停表露打從心底感動的言詞。

——「綾香，妳的國家的演歌也是充滿抒情味的美妙音樂，名叫動畫歌的音樂也滿載故事性與多樣性！這個國家的饒舌歌巧妙融合語言與音樂，簡直讓我眼睛為之一亮！」

當綾香看見吐露此番言論的劍兵後，實在很難認為他是值得尊敬的國王。不過，她認為劍兵就個人而言確實值得尊敬，於是陪他聆聽形形色色的音樂。

——「英格蘭也是，涵蓋了從令人懷念的聖歌或民謠，到前衛搖滾等各式各樣類型的音樂，實在相當有趣！我重新體認到音樂的自由多變！」

聽完音樂後，劍兵開始觀賞起莫西干頭青年最初提到的琥碧・戈柏主演的電影DVD，甚至說出：「原來如此，這就叫電影嗎！有著不同於戲曲的韻味，真不錯！啊啊，這支聖歌隊太棒了！」結果開始陪劍兵欣賞起音樂劇電影的綾香因為不敵睡意，最後在展演空間的沙發上小睡。

後來，等綾香醒來已經天亮，兩人向莫西干頭等人道過謝便離開展演空間，此時劍兵突然如此說道：

——「好，去找人組成同盟吧。」

隨後，他們踏入感覺英靈氣息很濃郁的森林後，遇見一名無法分辨男女，美麗到令綾香為之屏息的長髮使役者。

劍兵與此人相識不出片刻便開始熟稔地談天，對方看上去也沒特別排斥。

「然後呢？你們找我有什麼事？」

反倒是劍兵當面被英靈如此詢問後，偷瞥一眼綾香才開口：

「哎呀，我既不知道你的真名，也不清楚你是怎樣的英靈……只是想說到處走走看看，然後拜託第一名遇見的使役者。」

接著，劍兵提出那項提議。

是綾香即使已經事前聽過，依然覺得太亂來的一句話。

「你願不願意和我們組成同盟？」

——他講得還真是直接啊……

——這個人治理的國家，子民肯定很辛苦……

綾香輕聲嘆息後，決定去撫摸銀色野獸的背部來逃避現實。

——對了，話說回來，這隻狗的體型雖大，卻很黏人又很可愛。

當綾香找誤以為是狗的野獸嬉戲時，與劍兵面對面的英靈露出溫和笑容開口：

「是無所謂……先不論我，這對我的主人有何益處？」

於是劍兵再度望向綾香那邊後聳肩。

「既然你很在乎主人，那還是別隨便讓敵人靠近比較好吧？」

「原話奉還……我是很想這麼說，但我們彼此似乎都擔心這點。」

「是啊，雖然我們都有守護主人的手段……但關鍵的主人們卻是那副德性。」

——他們到底在聊什麼？

儘管綾香坐在巨木樹根旁費解地歪著頭，卻因為太沉迷於撫摸那頭靠在腿上的銀色野獸，決定先別理會這項疑問。

——大狗還真暖和呢。

——是那名英靈養的嗎？

銀色野獸沉迷的程度也不亞於綾香，一邊趴在綾香的大腿上，同時任憑她的手隨意撫摸自己的皮毛。

當劍兵看見一人一狼這副模樣後不禁嘆息。

「我還以為牠是會更戒備人類的生物。」

「畢竟主人與人類稍微有牽扯，所以較為特殊。但他絕非喜愛人類，因此我想他會親近你的主人算特殊案例。主人似乎認定她是同伴或朋友。」

「可能是因為他們都不像主人吧。不過，實際上她確實不是主人。」

說完夾雜了聽似玩笑的言論後，劍兵說道：

「那麼，論及關於提議結盟的理由嘛……昨晚，我在城裡看見魔物了。」

「魔物？」

「我不確定你知不知道，但他們是會啜飲人類生血，被稱為吸血種的人類天敵，還是聖堂教會的頭號對手……對了，先問一下，你知道聖堂教會嗎？」

長髮英靈對從根本處開始確認起的劍兵稍微搖頭。

「只知道聖杯賦予的部分知識而已。因為我的年代還沒有聖堂教會，至於那個叫吸血種的魔物……也很難說，我那年代好像是有會食飲血肉的魔物，但不確定兩者是否為同樣存在。」

「哎呀，莫非你是歷史上的老前輩？」

「也不是那麼了不起的人物，不過是較早出生又較早死亡而已。對我而言，後來出生的人們，才是不會依賴神祕且值得敬愛的，開拓星球的先驅者。」

「稱讚我也沒好處喔！」

劍兵笑著說道，不久後，他從臉上抹去笑容並開口道：

「總覺得這場聖杯戰爭有點奇怪。感覺似乎發生了台座賦予的知識所無法解釋的事，你有沒有頭緒？」

「……」

「如果有某種極不合理的麻煩事牽扯進聖杯戰爭……或者是聖杯戰爭遭人利用，那我想還是全部排除後，再重新開戰比較好。」

劍兵語畢後瞥一眼綾香，再以綾香聽不見的微弱聲音繼續說道：

「再這樣下去，即使綾香在我戰敗後去教會避難，也無法保障她的安全。吸血種感覺就連教會都能輕易襲擊。」

「你還真重視主人呢。」

「不，如果她從一開始就是充滿幹勁的主人，我也不致於如此顧慮她。不過，她明明拒絕參加聖杯戰爭，卻因為與我連繫而受牽連。若不負起責任而選擇放任不管，那只會玷汙承襲吾等一族系譜的國家，以及偉大的祖王之名。」

目睹劍兵以輕聲訴說嘹亮話語的不可思議舉動後，談話對象的英靈輕笑並頷首。

「真有趣。雖然你也是國王，但跟我認識的國王是截然不同的類型。特別是你的朋友似乎比別人多一倍這點。」

「是嗎？感覺你才是朋友很多的人。」

「全體降生在世者都被我視為朋友呢，只是很多時候都是我的一廂情願。」

長髮英靈邊說邊默默闔起雙眼，輕輕敞開雙臂讓手掌朝上。

於是，地面猶如起泡沫般蠢動，在那堆泡沫中接二連三誕生出——劍、錘子、斧頭與長槍等無數武具。

「不過，我已經決定只向唯一的朋友獻出真心。」

劍兵看見對方的態度後，抿嘴一笑。

「喂喂，交涉是成立還是決裂？」

「當然是成立……我是很想這麼說，但有兩點問題。」

長髮英靈保持著柔和笑容繼續說道：

「我那個唯一的好友，個性很難伺候。每當我交朋友，或者打算找誰合作，他就會說『讓我來試試你是否夠資格與吾友合作』，再提出種種強人所難的要求趕走對方。」

長髮英靈彷彿回憶起遙遠的過往般，一臉懷念地笑著。

「以你的情況來看，我想會被他要求試試身手吧？但你也不是烏魯克的子民……實力太弱的話，應該會當場被殺。畢竟在他眼裡看來，你不過是貪圖財寶的賊人。」

「我懂你的意思了。難道你那位『好友』這次也受到召喚？」

「幸好你悟性優秀。要是你先讓我滿懷希望之後卻大失所望，那我可受不了。所以我想先確定一下你有沒有辦法與那個國王抗衡。如果不行，那就由我隻身去剷除那魔物，你們則在那之前找個地方躲起來就好。」

從地面湧出來的眾多武具開始傾斜，刀鋒朝劍兵的方向集中。

即便劍兵面臨此等情況，依然先確認刀鋒並未瞄準綾香與銀狼的方向，再心安地笑道：

「你真溫柔。既然隻身一人就能剷除魔物，那為了能確實拿到聖杯，直接殺了我不是更好嗎？」

「很遺憾，我的願望已經實現。剩下就是達成我與朋友間的約定，至於你們的生死，我不感興趣。」

只見英靈流露出極為柔和的笑臉，卻吐露出彷彿暗示著「今後要是產生興趣就會要了你們性命」這類意思的話，於是劍兵愉快地對他說道：

「我最喜歡簡單易懂的事。簡言之，你是要我揭露武藝就對了吧。」

「慢著，你們要幹嘛……」

看見雙方針鋒相對的綾香出聲搭話，劍兵沒回頭地輕輕舉起手。

「綾香，放心吧，只是為了締結同盟而小試身手。不願意和弱小的人締結同盟，說正常倒也理所當然。」

「……你簡直像在說自己不正常呢。」

劍兵聽見長髮英靈的話後，一臉傷腦筋地露出苦笑。

接著，劍兵或許認為此話應該傳達給眼前的英靈與綾香兩者，因此放聲說道：

「我確實不如自己所想的那麼『正常』。實際上，作為國王的我總是替國民與弟弟惹麻煩。我不僅被敵人說成是惡貫滿盈的國王，而自己所尊敬的勁敵，一切都與我相反。」

儘管劍兵道出自虐性發言，他的眼神卻閃爍燦爛光輝。

「即便能理解政治方面的道理，卻無法遏止從自身肺腑中湧上的激昂。」

——？

綾香聆聽著這番話的同時，察覺到自己身上出現的不協調感。

——令咒……很熱……？

透過綾香化為連繫魔力起點的特殊令咒，逐漸注入會錯看成大量熱氣的「波動」。彷彿作為供給魔力的代價，劍兵送來龐大到難以控制的熱氣過來。

「……真厲害，簡直超乎想像，想必你是相當厲害的英靈。從地面創造出的無數武具……不論哪件都完美到足以堪稱人類創造的頂尖傑作。而它們全都瞄準我……哈哈。」

如此說道的劍兵輕聲笑著，再笑、又笑——下一刻，他將封閉著的熱氣一舉曝露。

「哈哈哈哈哈哈！太棒了！你估計是偉大的英雄吧！沒有比這更至高無上的榮譽了！請容我真心獻上謝意！感謝你和聖杯！以及……」

「賜予我挑戰降生於神世之傳說的機會，吾等祖王的遠離塵世的理想鄉（阿瓦隆）！」

× ×

昏暗的某處

「話說回來，還真不可思議呢。」

『妳指什麼？』

法蘭契絲卡耳聞從昏暗處回應自己的使役者的說話聲，躺在床上邊吃點心邊回話。

「嗯，為何明明用了『那個觸媒』卻不是阿特莉亞妹妹過來，而是那奇怪的劍兵呢。」

『妳用了什麼觸媒？』

「嗯，因為據說傳說之劍的劍鞘已經不見了……所以我就用了封印那劍鞘的，印有和劍鞘相

同紋章的箱子。」

『箱子？』

法蘭契絲卡聽到不見蹤影的英靈提問後，邊在床上打滾邊扭動頸項。

「對，就是艾因茲貝倫在康瓦爾找到的，打磨得很漂亮的石製『箱子』。不僅有殘留魔力痕跡，還印有跟劍鞘一樣的花紋，我才以為絕對是阿特莉亞妹妹的。」

×　　　×

大森林

彷彿在回應突然興致高昂的劍兵，長髮英靈沉靜地微笑，插著眾多「寶具」的大地開始聚集強烈魔力。

目睹該畫面的綾香屏息。

——給我等一下！

——他的劍……不是在警察局被沒收……現在根本兩手空空嘛！

——應該說，他連盔甲都沒穿！

目前劍兵褪去由魔力構成的鎧甲，穿著在展演廳得手的便服。

即使在綾香眼裡看來也相當凶殘的眾多武具前，不曉得鎧甲能派上多少用場，但她至少知道，只穿便服的話，三兩下就會被刺成肉串。

長髮英靈不顧慌張地打算制止的綾香，讓大地同時射出武具。

劍兵則同時猛蹬大地，朝大陣仗的槍林劍雨中衝刺。

依然慷慨激昂，又看似無比雀躍地吐露充滿愉悅情緒的一句話。

「來……開始戰爭吧。」

×　×

警察局

「如何，魔法師？看過你叫我送來的劍後，有明白什麼嗎？」

聽到警察局長的提問後，電話另一頭的英靈發出聽似錯愕的說話聲。

『連個屁都沒明白到。這玩意兒根本不是寶具，只是柄裝飾劍。哎，設計得倒是不錯，這劍

我可以收下嗎？』

局長送去給大仲馬的，是劍兵留在警察局的裝飾劍。

根本沒料到對方會拋下自己的武器逃亡的局長，回到局長室後發覺劍還在辦公桌上時，甚至懷疑是陷阱。

「這劍姑且是證物，不能侵占。」

『嘖，你還是老樣子，不知變通到像個煮硬的雞蛋般頑固！』

「先不說廢話，據說那傢伙的確是從這柄劍上揮出雷霆般的斬擊，破壞了歌劇院中掉下來的瓦礫。目擊的警察們雖然都已經被操縱完記憶，但是其中甚至有人說簡直像光束砲。」

局長推估最初破壞歌劇院天花板的，應該也是出自那柄劍的威力。

縱然局長也判斷此劍只是單純的裝飾劍，但想說給身為魔法師的大仲馬解析看看，說不定能明白點什麼。

局長原本還盤算著若情況順利，或許還能以歸還此劍作為交換，與劍兵締結協定，但既然劍並非寶具，這就算不上是實際的策略。

『參雜紅髮的金髮騎士啊，我猜他十之八九是獅心王吧。』

「……你果然也是這麼判斷的嗎，魔法師？」

『是啊，提到獅心王，他可是不得了的亞瑟王迷。從孩提時代就聆聽亞瑟王與圓桌騎士們的傳說當睡前故事長大，樂師們在王宮裡演奏的音樂必定是讚頌亞瑟王的樂曲。其中還有種說法是他年輕時期裝成浪子，周遊各地尋找亞瑟王的遺產。』

「這故事我也聽過。」

局長認為這段話不過是對英雄而言幾乎算附帶品的後世人加油添醋的軼聞，因此並不怎麼重視，但魔法師的反應卻顯得有些嚴肅。

『有種說法是，吟遊詩人這種文化之所以發達，是源自為了讓督伊德的神祕能透過口傳留存於世界上才有的技術……所以勸你還是別小看當代的樂曲與詩歌為妙。每天都當成睡前故事來聽，那才正如同詛咒或祝福，即使被改造了靈魂也不足為奇。』

「……獅心王這名英雄，不是來自神祕較為薄弱的時代嗎？」

『歐洲大陸是這樣沒錯。不過，他雖是出生於現今的法國，但登基為國王的英格蘭可是在四海的封鎖下，神祕難以外洩的島國，即使在生前接觸過什麼神祕也不奇怪。從那國家如今有座魔術大本營之一的「鐘塔」在時，就該有所領悟了。』

此時魔法師的話暫時告一段落，接著彷彿刻意說給局長聽一般，語調相當沉重。

『我說兄弟，你知道獅心王在我們的時代被叫作什麼嗎？或許他現在也被人如此稱呼呢。』

「獅心王的軼聞太多了，我不曉得你指哪個。」

儘管局長心想大概又是平常的輕浮論調，但魔法師的話偶爾會出現重要資訊也是事實。因此

局長決定不抱太大期待地等待對方開口。

『……叫【徬徨之王】。』

「喔，原來你指這個。我確實聽過他在位的十年間，待在自己國家的時間甚至未滿一年……」

『不是這意思，我想說的不是他穿梭在戰場上這件事。』

局長懷疑地質問講起話來裝模作樣賣關子的魔法師。

「？我聽不懂。既然如此，獅心王又是徬徨於何處？」

『——是【神話與歷史的交界】。』

「……」

這句話充滿分量。

不過是一句話，卻甚至到令局長不禁陷入沉默的程度。

『他可是與精靈或盧恩魔術這類玩意兒橫行的時代有所交集的最後一名國王。你可別太小看他了。』

×　×

有句形容詞叫電光石火。

是拿電光與打火石的火花飛竄速度來形容的詞彙，而綾香在那瞬間目睹的，正可謂足以深刻烙印於眼底的，激烈連續的「電光石火」。

大地所孕育出的無數武具不斷射出。

劍兵在所有武具的縫隙間鑽動，同時逼近長髮英靈，準備朝他揮出一記銳利的右勾拳。

「！」

雖然長髮英靈立刻閃躲，但劍兵配合他閃躲的動作踏出一步，再次從左斜下方揮出上勾拳。

對手再度閃避，然而當拳頭穿過飛揚的部分髮絲間，有數根頭髮輕輕飄落地面。

拳頭化為斬擊，化為連隨風搖曳的髮絲都能劈開的一擊。

劍兵繼續踏步逼進，並以俐落步法躲過長髮英靈反覆使出的泥土觸手，甚至拿前方創造出的武具當墊腳石，再朝對手揮出宛如職業拳擊手般的連擊。

長髮英靈也相當了不得，不斷抓準絕佳時機拍開逼近自身的凶狠拳頭。

縱然速度上是劍兵稍快，但肌肉的瞬間爆發力則是對手更優異，拳頭越是被猛烈彈開，速度則同樣遭到扼殺，結果變成難分輸贏的攻防戰。

此時土裡再度飛竄出武具的連續攻擊，劍兵大步拉開距離打算重振旗鼓。

「嚇我一跳，你動作真快。沒想到比我還快，剛才那難道是強化身體的魔術？」

長髮英靈饒富趣味地搖搖頭。

劍兵看見這樣的他，目光炯炯有神地答道：

「嗯，但不是我的魔術。先不論這點……拳頭果然打不到你呢。」

「既然魔術是源自於你的『朋友』……那你是有學過拳鬥術嗎？」

「學過一點。我是拿以前學過的格鬥技，搭配今天在電影裡看到的技巧，但果然不順利。我想說又不能殺死準備組成同盟的對手，那至少毆打到你昏厥……」

「稍微學過一點、看過一點就能做出剛才的動作，已經很厲害了。」

長髮英靈笑著如此說道，一邊令氣息稍微變質。

「……？」

劍兵注意到不僅氣息，就連對手英靈的舉動，或者該說是整體平衡都有種難以解釋的細微變化。

英靈對有所察覺的劍兵說道：

「我要以槍兵職階的身分，稍微拿出真本事。」

「我是劍兵，請多指教。」

彼此相互報上職階後，兩人均抿嘴一笑後動身。

映入綾香眼簾的景象是，再次如飛散的火花般的連擊。

在她心底回憶起的，是黑衣女子以會留下殘影的速度在歌劇院內來回跳躍時，劍兵感到佩服而嘀咕的台詞。

——「我第一次看見比洛克斯雷還身手矯捷的人。」

但是——綾香思考著。

雖然她不太懂身手矯捷的差異，但是單純以爆發性的速度來看，這不是比那名黑衣女子更快嗎？

另一方面，劍兵連續揮出拳頭的同時感到懷疑。

——喂喂喂，這是在變什麼戲法？

——這個英靈……速度變得比剛才還要快……！

儘管劍兵無從得知——但槍兵在前一刻改變氣息的瞬間用了【變容】的技能，降低自身的耐久力與魔力一個階段，藉此提昇敏捷度。

雖說這下速度方面便難分高下，但槍兵的肌力並未減低，因此槍兵以靈活動作逐漸反制連續

出拳的劍兵。

下一刻，劍兵右手使出匯聚魔力的水球代替拳頭，釋放出閃光令對手產生空隙。

「！」

然而，劍兵並未趁隙追擊，反倒與對手拉開距離。

他望向地面，一邊躲避逼近自己的泥土觸手與飛竄而來的武具，同時撿起掉落在地面上的一根較粗的樹枝。

然後，將那根樹枝指向槍兵並輕笑。

「臨時抱佛腳的拳鬥果然無法應付。接下來，我就配合職階來用劍吧。」

「你想拿那根樹枝當劍？」

槍兵以深感興趣的語氣詢問，劍兵則對他聳肩說道：

「我真的很想試一次看看。試著模仿湖之騎士說出『騎士徒手亦不死』，然後撿起一根樹枝擊退敵人。」

綾香與銀色野獸並立，緊張地屏息且在一旁守候兩名英靈——

看見充滿自信地拿樹枝擺出使劍架勢的劍兵，綾香有些不安。

——我是搞不太懂，難道他只是為了想「模仿」那個，才會刻意赤手空拳挑戰對方？

——……應該不是吧？

冷汗自綾香臉頰流下的瞬間彷彿化為信號，大地再度射出大量泥土武具，刀鋒集中朝向架起樹枝的劍兵處。

其密度高到即使是劍兵先前的移動速度也無法閃避。

令人絕望的狀況映入綾香眼簾。

但下一刻——綾香差點從喉嚨溢出的哀號，因為更驚愕的景象而嚥回去。

理應只是樹枝的物體，竟開始散發眩目光輝。

× ×

警察局

『啊，還有啊，從你準備好的資料來看，亞瑟王的命定的勝利之劍(Excalibur)好像是靠光之斬擊吹飛一切的樣子……嗯，照現今這時代的說法，就是光束砲吧。』

「這樣啊，所以才會以為現身的英靈是亞瑟王，而那柄劍是王者之劍(Excalibur)嗎……」

大仲馬的提問令署長再次陷入沉思。

據說王者之劍(Excalibur)並非是在神祕時代由鍛造工匠與魔術師共同打造的人類用寶具，而是星球的意志本身所創造出的神造兵器。

假如此事當真，真的會只有這點威力嗎？

於是，大仲馬透過電話發出愉快的笑聲。

『哎呀哎呀！兄弟的想法可能意外精準喔。』

「這話什麼意思？」

『因為獅心王是亞瑟王迷才使情況變得複雜……他好像無關乎戰場上或日常生活，拿在手裡的劍全都稱為「Excalibur」。最後甚至不僅止於劍，連所有拿在手裡戰鬥的物品全都稱作「Excalibur」。』

『包含從用餐時使用的小刀或揉成一團的羊皮紙……乃至隨處掉在地上的木棍。』

×　　　×

「——『恆久遙遠的……勝利之劍（Excalibur）』！」

綾香已經是第三次目睹那道光。

是令天花板崩塌，之後又劈開掉落在警察面前瓦礫的光之斬擊。

雖說這次的光束比當時的微弱，但光中所壓縮的熱度，卻一瞬間抹消逼近劍兵身旁的無數武具。

劍兵維持與前一刻同樣的速度奔馳於大地，僅一瞬間即闖入槍兵懷中。

當依然殘留光芒殘渣的樹枝差點砍中一臉吃驚的槍兵時——理應赤手空拳的槍兵竟接住那一擊。

「喂喂喂……拿來剝核桃好像很方便耶。」

擺在語帶錯愕的劍兵前方的，是槍兵接住劍兵所揮擊樹枝的右手。槍兵的指尖變化為銳利刀刃，部分陷進纏繞濃密魔力的樹枝之中，因此完美地防禦「斬擊」。

「嚇我一跳……想不到樹枝會有這種威力。」

「然後呢？考試及格了嗎？依我看，你連一半實力都還沒拿出來吧？」

劍兵維持施加在樹枝上的力道，再笑著問道。

僅於數分鐘的刀光劍影下劍兵便清楚理解。

雖然不曉得這名英靈的真實身分，但包含自己與其他英靈們在內，他仍算是「規格外」的存在。

「你很強呢。哎，我是不知道我的朋友會說什麼，但是緊要關頭我會阻止他，你只要趁機逃跑就好。」

「……你那位『好友』比你還強嗎？」

「很難說呢，過去我們大戰三天三夜都沒能分出高下。」

雙方在交談的過程中逐漸鬆懈力道，最後劍兵緩緩放下樹枝。

於是，當纏繞於樹枝上的魔力消散的同時，樹枝變得破破爛爛後崩落。

「啊，樹枝果然一次就是極限了嗎？」

劍兵大口嘆氣後，開始步向綾香所在的位置。

「喂……你沒事吧！」

綾香理解到「小試身手」已經結束後，便慌張地跑到劍兵身邊，確認他身上有無受傷。

「別嚇我！為什麼突然就打起來……那早就不是小試身手的程度了吧，完全是在互相廝殺嘛！」

「哎呀……世上還是有需要賭命的小試身手嘛。我的熟人騎士說『要去影之國小試身手』，然後就出發去蘇格蘭，途中好像遭遇八千名山賊包圍就被殺了。」

「少編那種故事來蒙混過去！」

「真虧妳知道是編的！沒錯……不會有被山賊殺死的騎士，也沒有因為八千名暴徒而受苦的人民。太好了……真是太好了……！」

當槍兵看見硬要岔開話題的劍兵後，露出爽朗笑容對綾香說道：

「妳就放過他吧，他為妳做了很多胡來的事，只是沒辦法坦率說出來。」

「咦……？」

綾香聽見槍兵的話後渾身僵硬。

「你……不對，我說你啊，有沒有被人講過很不會看場合？」

「神經常這麼對我說，在我擊退牛的時候，也被狠狠地這麼唸過呢。」

「擊退牛？哎呀，這部分請務必詳細講給我聽！」

劍兵拚命想岔開話題，綾香卻扯起他腦後編著三股辮的頭髮。

而且還是用上自己全身體重去拉扯。

「好痛痛痛！慢著，綾香妳快住手！好動好痛！我知道了，是我不好！」

劍兵眼眶泛淚地回過頭後，發覺綾香淚眼婆娑地在生氣。

「為什麼……要做這種事？」

「還問為什麼。」

「我知道。雖然不曉得具體細節，但我至少知道你是為了我這種人打算做點什麼……只是我又沒拜託你這麼做！」

「我不是說過？即使妳拒絕，我也會擅自照顧妳。」

綾香對聳肩的劍兵更放聲大吼。

「如果你需要魔力，就利用魔術或其他手段讓我閉嘴，讓我變成只要供給魔力的人偶不就好了！可是你卻處處顧慮我……不僅出手幫我……信任我這種人還說出真名……啊啊，不對，我很感激你，是真的。」

劍兵原本準備說出不必言謝，最後刻意閉口不談，讓綾香盡情說完她想說的話。

「可是……我沒有這種價值！我沒有值得受人保護，或是受人信任的資格！」

浮現在尖叫的綾香腦海內的——是披覆紅兜帽的少女。

每當想起流血少女的身影，自己心中就會響起一道聲音。

響起一道嘶吼著苛責自己是多麼低賤而卑鄙的人類的聲音。

「你明明對我這麼溫柔，可是我一定會背叛你！或許我會為了明哲保身而拋下你逃跑，或許我會把你出賣給敵人！」

——對，沒錯，我背叛了。

——我拋下那個人不管。

——在那個蟬菜公寓……將那傢伙……

綾香回想起過往，頭痛與心臟跳動得更加劇烈——

劍兵輕聲嘆息，再以傷腦筋似的語氣開口：

「說什麼可能會出賣我……綾香還真是愛計較小事。」

「這哪是小事……」

「是小事是小事，而且經常發生。即使是血脈相連的弟弟，也曾經把我出賣給敵國羅馬。別說拋棄，他甚至付錢叫敵人別釋放我。」

並非安慰或同情，劍兵是真的以滿不在乎的態度描述起自己的血親。

「被弟弟……？」

綾香似乎因為聽到內容沉重的事實而深受打擊。

「哎呀～雖然過程充滿艱辛，但等我回國後，發覺我那弟弟不惜殺了我都想篡奪王位，卻因為從貴族到國民都不當他是一回事而失敗，反倒讓我覺得他很可憐。畢竟他原本就因為我揮霍金錢毫無限度而充滿辛勞……」

「不、不過，那又跟我無關……」

綾香原本想說自己豈會被唬弄過去，但那句話卻被輕易打斷。

「當然有關！不只是妳，因為我過著即使會被人背叛、出賣，或者逃離身邊都不足為奇的生活方式。雖然我想應該不可能，但妳該不會誤以為我是什麼好人吧？」

「誰曉得你在說什麼，我根本就不知道你做過什麼……」

「……是戰爭。」

劍兵以某種略感驕傲，又顯得哀愁的語氣說道：

「畢竟我能做的，就只有這種事。」

綾香面對罕見地語帶含糊的劍兵，沒能對他說什麼，因此陷入更深刻的自我厭惡情緒——

「嗷嗚。」

銀色野獸來到綾香身旁以臉頰磨蹭她的小腿。

簡直像在安慰全身為焦躁包覆的綾香。

「……」

於是，剛才一直保持沉默的槍兵，將手置於銀色野獸背上並說道：

「好啦好啦，要和我組成同盟的人可不能露出這麼無精打采的表情呢。不介意是果實或水果的話，我倒是能準備，想吃點東西嗎？」

「嗯，我就不客氣了，謝謝。」

將野生的水果遞到劍兵伸出的手上後——槍兵朝向距離稍遠的森林提問：

「不介意的話，妳要不要也來一點？妳從剛才就一直望向我們這邊，是不是肚子餓了？」

「……咦？」

「什麼？」

當綾香與劍兵瞪圓雙眼朝向該處的瞬間，森林中冒出一道人影。

「……」

此人正是出現在綾香與劍兵相遇的地點，身穿黑色服裝的英靈。

「啊！」

「嚇我一跳，就連我都沒注意到呢。」

劍兵一邊說著，同時繃緊神經好讓自己隨時能迎戰。

黑衣英靈從覆蓋在臉上的布料縫隙間，露出複雜表情並不停瞪著劍兵等人——

這名疑似刺客的英靈突然出聲：

「是獅心王……理查嗎？」

「如妳所言。」

「慢著……」

儘管綾香慌張制止，劍兵卻搖頭。

「既然已經被她聽到這麼多，那隱瞞反而麻煩。」

綾香聽見劍兵若無其事的說詞，再度嘆一口大氣。

依然面對兩人的刺客說道：

「我聽到……你們的談話了。」

接著，少女刺客的表情彷彿跨越了內心許多糾葛般豁然，同時握緊拳頭到幾乎滲血，她開口道：

「你們……要擊斃魔物嗎？」

於是劍兵以嚴肅態度答覆：

「如果他會危害人類的話。生前……我不僅被他們吸血種的同類妨礙我與敬愛的勁敵間的戰鬥，甚至有好幾名部下被殺……」

他猶如在緬懷遙遠的過往，同時感到懊悔而閉口，隨即再吐露出做好覺悟的言詞。

「當時，我同預定將在戰場上相會的勁敵……和你們的首領……『山翁』三人合力，好不容易才消滅對方。」

「我也是……這麼聽說的。同時……也聽說你是何等恐怖的男人。」

年輕的少女刺客眼下彷彿即將飛撲而來。

劍兵同樣不解除戒備，在眾人皆認為一觸即發的氣氛下——槍兵不看場合地開口：

「話說回來，要組成同盟還有『另一項問題』在。」

「……我都忘了。」

「其實，這座城鎮也有好幾個我想排除的『魔物』，是為了達成與好友的約定。」

「……你口中的『魔物』，總覺得會是比吸血種更難纏的傢伙。」

「沒這回事。目前……還只是漆黑的『詛咒』……與紅黑色的『汙泥』集合體而已……」

槍兵臉上的笑容罕見地消失無蹤，隨即流露出憂鬱神情描述起自己今天一整天所感受到的「氣息」。

「如果這兩者『融合』後汙染聖杯的話……」

「不僅是聖杯，就連這顆星球本身都會有點危險。」

第九章

「第一日　黃昏　蒼白騎士尚未降臨，汙泥尚未侵蝕」

美國的失蹤提報，一年就超過數十萬件。

若問起一年內是否真有如此驚人數量的人類消失，答案想必是一半為真，一半為假。

縱然每年數十萬這數字過去曾在日本以聳動標題報導過，實際上這些人泰半在當天乃至數日內就被尋獲，真正超過一年以上的失蹤者──換言之，真正消失無蹤者的人數，實際上未滿一成，即每年約數萬人左右。

數萬人原本就是不容忽視的數字，即使扣除這點來考量，從聖杯戰爭開戰的數年前開始，該數值就已經有所異常。

那是就某種意義而言，相當緩慢的變化──甚至任誰都沒能注意到其本質。

撇除那群引起異常的罪魁禍首們外。

×　　×

有個被稱為「汙泥」的扭曲魔力集合體。

此為法蘭契絲卡在冬木偷走「構成大聖杯物質的一部分」時，連帶從大聖杯中抽出之物。

是承襲第三次聖杯戰爭記憶的法迪烏斯，對其性質有印象的「汙泥」。

在此之前的澄澈聖杯，並未混入此等擁有意志的魔力集合體。

法迪烏斯依循遙遠的記憶，立刻理解到該汙泥的真面目。

同時馬上提議隔離「汙泥」。

然而，不論是隔離或剷除，或者是淨化汙泥的命令都未曾下達。

因為高層與協助者對該「汙泥」深感興趣。

汙染聖杯連同其力量本身，即使歷時超過七十年的現今，依然保有汙染新聖杯力量的「人之惡性」。換言之，即是由第三次聖杯戰爭中構成某個「復仇者」的，何其純粹，卻又何其沉積的願望本身。

法蘭契絲卡將那堆「汙泥」保管在適應性良好的人類內臟縫隙的數年間，對其最感興趣的人，即是史夸堤奧家族的首領——迦瓦羅薩·史夸堤奧。

他曾說：

——「如果是巴茲迪洛，就能徹底控制那毒沼。」

法迪烏斯自然反對，但是偏偏物主法蘭契絲卡對這項提案說「好」，導致情況開始往麻煩的方向走。

所有身上棲宿汙泥者全體發瘋，甚至連肉體都遭到吞噬而消滅殆盡。

然而，汙泥即使棲宿在巴茲迪洛身上，他依然一如既往。不僅如此，他甚至拿自身魔力作為飼料，藉此逐漸增加汙泥的分量。

縱然史夸提奧家族讚賞他是「對自己的精神施加支配魔法，好維持理智來控制汙泥，是巴茲迪洛身為魔術師的實力」，但法迪烏斯很清楚。

巴茲迪洛的確是靠自身魔術控制並培養汙泥。

而且為了不讓汙泥支配心靈，不斷付出非比尋常的努力。

不過，他同樣理解一件事。

史夸提奧家族贈予的讚賞，只有一點錯誤。

巴茲迪洛並未保持理智來控制汙泥。

名喚巴茲迪洛的男子遠在汙泥棲宿己身前，又或者從最初開始，早就已經瘋狂到背離常人之道。

×

×

史諾菲爾德工業區　地下

「……回來了嗎？」

以肉類食品加工廠當入口的寬敞魔術工房一隅。

察覺到氣息的巴茲迪洛回過頭，發覺佇立身後的是自己的使役者阿爾喀德斯。

巴茲迪洛在後天性成為弓兵與復仇者等雙重職階的英靈面前問道：

「傳聞中的英雄王如何？」

「……很強，而且也不見他因為我的挑釁而心緒紛亂。雖然時而情緒激昂，但終究是表面上的罷了。」

「從法蘭契絲卡的話聽來，他似乎是滿懷傲慢且慷慨激昂的王……看來全盤接受那傢伙的訊息也很危險。」

他們並不知曉。

英雄王是由於名為恩奇都的英靈存在，心曠神怡到前所未有的程度，才會處於比尋常召喚時更為寬容的情況。

但說到底，不論英雄王性情為何，對他們而言都不太重要。

隔一陣子後，這次換阿爾喀德斯向主人提問：

「主人啊，你的魔力源為何？僅是維持那『祭品汙泥』，就非尋常魔術師足以負荷。」

「你是擔心我的魔力會枯竭嗎？」

「你應該明白我的寶具『數量』與『性質』。」

「……」

如何在充裕的情況下動用寶具，這點經常成為使役者之間戰鬥時，分出勝負的分水嶺。

然而，即使在魔力通道連繫起來的眼下，阿爾喀德斯都沒能感受到主人的魔力「底限」。

正確來說，是雖能大致感覺出魔術迴路整體的持有量，但明顯超越該分量的魔力卻透過通道流瀉進來。

「很簡單，不過是用了『電池』。」

巴茲迪洛邊說邊伸手進懷裡。

接著，他從懷裡掏出一顆約棒球大的球體。

即使乍看下不知為何物，但察覺到其真面目的阿爾喀德斯微弱地低吟。

巴茲迪洛握在右手裡的物體，是儘管通透卻會令光線複雜地折射，受到不可思議氛圍纏繞的結晶體。雖然很類似寶石魔術師們使用的魔術礦石，但此結晶體的純度與那些礦石相比，感覺更

高出幾階。

阿爾喀德斯對這極具特色的結晶有印象。

感覺相當類似昔日的希臘魔女們，將充滿於大氣內的瑪那作為物質精鍊成的——被稱作「魔力結晶」的物品。

若真是如此，那巴茲迪洛的大量魔力即是從那顆魔力結晶所抽出。

即使這顆結晶類似儲備魔力的電池，卻無法提昇魔術師的體內魔力儲量或急速恢復魔力。要行使魔術時，幾乎都是以從外部添加該魔力的形式來利用。

然而，巴茲迪洛卻利用先以「汙泥」一度汙染該魔力再納入體內，然後直接注入連繫通道至使役者體內這種祕技來使用該結晶。

照理說，用了這種方法，就算連腦髓都遭受那份扭曲魔力汙染，就此發瘋也不足為奇，巴茲迪洛卻藉由對自己施加「支配」魔術以保持理智，並持續操縱著堪稱痛苦來源的黑色魔力。

雖然阿爾喀德斯沒有當魔術師的才華，但透過搭乘阿爾戈號時航行的船路，也獲得了相當程度的知識。

儘管他立刻理解巴茲迪洛施術的步驟，卻有兩點無法解釋。

即是現今魔術師們的技術理應不可能創造出魔力結晶這點。

以及，從如今巴茲迪洛拿在手裡的魔力結晶的大小來看，魔力應該會立刻枯竭這點。

巴茲迪洛猶如要答覆滿腹疑惑的使役者般，面無表情地從座位上起身。

「……關於魔力方面，你不必在意。」

繼續走過地下工房的通道後，抵達的是格外寬敞的空間。

遠比召喚出阿爾喀德斯的地點更為寬敞，簡直像地面上的工廠直接降落下來般。

隨後，阿爾喀德斯目睹到。

無數連接圓柱型水槽的奇妙機械櫛比鱗次，以及於該區域中央，擺放著散發出的氛圍類似召喚陣直接以現代機械技術建構而成的設備。

甚至在該房間一隅，有座會錯看為城堡寶庫程度的光輝燦爛小山。

透明結晶的團塊，簡直如寶石山般堆積於室內。

「那些不過是一部分。」

接著，巴茲迪洛的手下們開始進行某種作業——浮在水槽中的人型集合體化為泡沫後消失，取而代之則是中央的裝置上，出現棒球大的魔力結晶。

「……祭品嗎？」

巴茲迪洛耳聞阿爾喀德斯祭出理解一切的言詞後，開始平淡訴說：

「是史夸提奧家族搶奪名為亞特勒姆．葛列斯塔的男人所開發的系統後，再加以改良。這名叫亞特勒姆的男人雖是開發相關系統的天才，但身為魔術師的本領卻不怎麼樣。他似乎在提昇系統的效率前，就因為冬木的鬥爭而輕易喪命。」

「原來如此，你注入給我的就是拿人命當祭品的魔力嗎？」

「畢竟我們從來不缺與史夸提奧家族為敵的人。若你無法接受用祭品的話，是要當場絞死我嗎？」

當阿爾喀德斯看見巴茲迪洛流露與其稱為死神，更令人聯想到死亡本身的眼神後，乾脆搖頭。

「在向奧林帕斯的暴君們復仇此等大事面前，這不過是微不足道的小事。縱使拿來獻祭的，是我的性命亦然。」

隨後，阿爾喀德斯渾身滲出紅黑色魔力，吐露對眾神們的怨恨之詞。

「畢竟他們甚至並未拿靈魂當祭品……只出於嫉妒，就拿自身子民們的性命當成爐灶中的柴火。」

×　　×

警察局

『我說兄弟，比起劍兵，我反倒更在意襲擊那間旅館的弓兵。』

「……不愧是順風耳。」

『是叫復仇者嗎？法蘭契絲卡小姐還真是帶來相當麻煩的玩意兒的碎片呢。』

「話雖如此，我聽說冬木的第三次聖杯戰爭中那名使役者早早就敗退了。不論如何累積人類的憎恨與憤怒，終究贏不過高階的英靈們嗎？」

英靈們確實並非僅憑藉執著或怨恨就上場戰鬥。

不過，也無法否認憤怒與仇恨等負面情感蘊藏強悍力量。

但若這類情感毫無作用，那他們就必須重新考慮今後的行動方式。

當局長如此思索時，大仲馬卻笑著答覆：

『哈！局長，你這可就太小看復仇了。所謂極端的仇恨，那已經是一種詛咒了，甚至可以說是殘存於現代的，無法歸納為魔術的一種神祕。雖然實際上根本不是什麼神祕，不過是人類的感情罷了。』

「詛咒嗎？」

『是啊，這項詛咒最麻煩的部分就是，當復仇越充滿正當性，越是達成復仇時就越舒爽。如果復仇是詛咒，那復仇後的解放就是所謂的毒品吧。只要嚐過一次就無法自拔。不管是復仇者本人，或者透過書本或戲曲從遠處觀賞的人，就連撰寫其他復仇者的故事成書來大賺一筆的作家亦然啊！哈哈！』

局長聽完大仲馬的話，思索一陣子後再蹙眉提問：

「……雖然我不這麼認為，莫非是真的有基督山伯爵的原型人物嗎？」

『天曉得。原型之一可能是我老爸，但愛德蒙・唐泰斯是否真實存在、是否真的完成目睹者皆雀躍不已的復仇、最後是否又放棄復仇……說起來他真的存在嗎？全都只有神知道。這就是所謂的撲朔迷離啦。不過，至少我靠這部小說大賺一筆是事實！哈哈哈哈哈！』

「……假如真的有被你當成原型的男人在，要是他和現在的你見面，即使你被對方射殺也無法埋怨吧？」

大仲馬聽見局長的嘲諷，邊說「或許吧」一邊笑著。

『一旦當上使役者，可能就會遇到這種事呢。不過等真的遇到再說吧。我的意思是託你的福，我比起陷害你的那些惡棍賺得要多呢！哈哈！』

「換成我處於他的立場，想必也會一直等待能揍你的機會。那句台詞叫什麼來著……我記得是……」

當局長開始思索時，大仲馬慌張地大喊。

『喂，快住手！別在寫書的作家本人面前朗讀台詞！這樣豈不是會想到更棒的台詞，然後忍不住改稿嗎！可是又改不到稿子！』

接著，隔一陣子等大仲馬冷靜下來後，又重新提起復仇的詛咒。

『總之你要當心，兄弟。並非曲解事實的正當復仇，在他人眼裡看來就是快樂。那詛咒可是會傳染的。只要復仇的內容越是困難，力量也就越強。』

『說不定啊，你們盯上的那名金閃閃的國王，也會因為不知打哪來的鄉巴佬平民的復仇而吃悶虧呢。』

×　　×

旅館　水晶之丘　最頂樓

「嗯，還真是幹勁十足。森林的形態與白晝時截然不同。」

皇家套房隨處灑滿碎裂的玻璃。

由於位於高處，緹妮施加魔術結界抵禦吹來的強風，更鋪設好幾層結界，藉此調整成從外部只會看見虛假樣貌的景象。

儘管才剛遭人襲擊，吉爾伽美什卻說「豈有王會被箭矢射過一次兩次就從雲端退下」，因此緹妮的部屬們向工程業者下達暗示，一邊又回到此處。

不顧周遭人辛勞的英雄，一望城鎮旁的大森林便喜上眉梢。

「看來吾友也找到不錯的暖身對手！這下可頗值得期待！」

英雄王雙臂環胸的同時還愉快地俯視城鎮，或許是因即將展開的鬥爭雀躍不已，竟罕見地告知緹妮下述內容：

「緹妮啊，妳儘管提煉魔力。雖然以不入流的雜種當對手時我不會拔出開天劍，但我自己也無法想像接下來的戰況會消耗多少魔力。」

英雄王的眼神透露充滿朝氣蓬勃的英氣，令緹妮頓時為之震驚，又立刻做好覺悟般強而有力地頷首。

「請您盡情揮灑力量，即使此身靈魂因此腐朽——」

緹妮話說到一半，卻被吉爾伽美什稍嫌嚴肅的語調蓋過。

「少說蠢話。想奉獻肉身與性命給身為王的我是妳的自由，但即便奉獻出妳這種不成熟的靈魂，也無法寬慰我。」

「……」

「再說，若是妳的肉身太早腐朽殆盡，我豈不無法與吾友盡情享樂。抑或者，妳打算強加尋找魔力足以匹敵妳的家臣之辛勞於我身？」

「當、當然沒這回事……！」

英雄王看見慌張否定的緹妮，露出一抹苦笑。

「若想奉獻肉身與性命於我，就在此戰的盡頭……待我達成與友人諾言前，努力讓自身成為合適的靈魂吧。若能成就，屆時我將會帶一份記憶回歸台座。即是在此戰役中，有了值得視為忠臣者的記憶。此話儘管視為等同成為烏魯克國民的讚揚即可。」

「我、我會努力的！啊……」

緹妮不禁下意識拉高音量，因此慌忙地打算掩飾。

「非常抱歉，現在，明明連那名女騎兵都仍未將我視為敵人……」

吉爾伽美什聽見緹妮略顯自虐的言論後費解地歪頭。

「假如妳會在意被那名女騎兵小看一事，那才是傲慢。」

或許英雄王是察覺緹妮困惑的內心，因此露出目中無人的笑容並開口：

「不論妳的覺悟程度高低，幼童在強者面前終究是幼童。當然，在我眼裡看來，不論妳是否

有所覺悟，不過就是名單純的孩童。」

「可是，我……」

「若遭遇的對手是滿懷榮耀的戰士，我將不拘泥於對方的年齡裝扮而以禮相待。不過妮緹啊，或許妳確實有所覺悟，但尚不足以稱為滿懷榮耀者。在明確的死亡前，任誰都能有所覺悟。不過，即使是年邁者，原本就缺少自尊心之徒終究本性難移。」

「……」

不顧緹妮在擔心自己將來是否也能成為滿懷榮耀者，英雄王從皇家套房的酒櫃內取出一瓶上等紅酒，心曠神怡地拔開瓶栓並若無其事地說道：

「就這層意義而言，妳很幸運。雖說是臨時，但畢竟是我的臣子。不出數日即可侍奉無上且唯一的王，能將吾之榮耀映入眼簾，妳儘管為此事自豪吧。說起來，身為王的我確實無法理解滿懷榮耀的『戰士』的心境。」

緹妮面對滿嘴道盡任性狂言的王，已經超越錯愕，甚至因為「雖然聽不太懂，但他似乎真的認為世界是自己的囊中物」而感動。

緹妮沒察覺到自身感覺已經逐漸麻痺，忽然想起一件事，而明確大膽地詢問英雄王。

「王，請恕我惶恐，您的榮耀之一——想請教您是如何贏得冬木的第四次聖杯戰爭，願聞其詳。」

於是英雄王抿嘴一笑，一邊晃動紅酒玻璃杯。

「喂，緹妮啊。此為對象非我則無法成立的問題吧？畢竟依循冬木那塊土地的系統，不會保留以往在其他地點受召喚時的記憶。」

「過去的事……也不記得嗎？」

座缺少過去或未來的概念。

若擁有全部的記憶，即有可能產生「已經知曉此次聖杯戰爭結果」這種矛盾，因此記憶通常會調整為配合受到「座」召喚來的地點與時間。

「想必是『座』或多或少想遏止世界所產生的矛盾才使出的苦肉計，但在我這雙能看透一切未來的雙眼前，全是無謂掙扎。要從不同相位的未來推測過去，簡直易如反掌。」

如此說道的英雄王充滿自信地凝視虛空，打算窺視相位產生偏移的己身，但是——

「唔？………水上樂園……不是這個……釣魚……也不對……」

稍微煩惱過後，他一臉不可思議地歪頭。

「怪哉，當我一凝視被召喚至名喚冬木的土地之相位時，白晝時見到的『汙泥』便會掠過眼前。」

然而，或許英雄王認為此事並不值得過分在意，啜飲一口紅酒後聳肩。

「算了，既然那叫聖杯的玩意兒是真品，那利用注入其中的魔力洗淨『汙泥』即可。既然如此，那就換個話題，妳仔細聆聽我如何構築烏魯克的城牆吧！」

在那之後，緹妮知曉了關於烏魯克這座城市的，如山般多的「不知道就好了的真實」——那又是另一則故事。

× ×

黃昏 史諾菲爾德中央醫院

存在於史諾菲爾德中央區的，粉刷成白色的巨大建築物。

儘管外觀乍看下宛如美術館，內部則是備齊全市最高端設備的大醫院，是座從外科至精神科，許多病患為尋求治療而敲響大門的希望之城……原本理應如此，如今卻因為家屬陪伴而接連造訪的病患浪潮下，醫院櫃檯因此呈現些微的混亂狀態。

「所以說，我丈夫真的很奇怪！原本應該去拉斯維加斯工作卻突然跑回來，還胡說八道地講『我永遠都不要出這座城』這種話！」

「喂，真的很奇怪！原本要去印第安斯普林斯送貨的同事不工作就跑回來，結果讓其他人去，可是其他人去了也立刻就跑回來！」

所有人的病症共通點都是「離開城鎮的人全都跑回來」，家屬猜測或許是某種精神疾病而帶病患前來，但有同樣症狀的患者大量湧入醫院，醫方懷疑可能是發生某種特殊事件，現在正召開緊急對策會議。

「啊，醫生，怎麼了嗎？」

位於醫院內稍微遠離此等亂象的內部區域。

年輕女護士看見工作時間早該結束的年邁醫師四處走動時出聲搭話。

「沒事，我只是有東西忘在病患的病房。」

「原來如此，因為目前正門口相當混亂，離開時請小心點。」

「是嗎，謝謝妳。」

接著，確認到護士離開後——下一刻，那名老醫師的樣貌徹底變化為剛才那個護士。

（怎麼樣，傑克先生？）

變身為那名女性護士——狂戰士腦內傳來主人費拉特的念話。

（嗯，沒問題。我拿到能進去裡面的通行證了，放心吧。）

連護士掛在頸項上的條碼式通行證都一併變化的狂戰士，在那之後也變成其他錯肩而過的人，邊走邊獲得林林總總的資訊。

接著，狂戰士再變回最初那名老醫師並以念話詢問。

（在這個方位就好了嗎？真的能靠共享感官看見我的視野嗎？）

（是的，勉強可以……這個嘛，「霧」在那個樓梯上方變得更濃了。）

（我知道了，謹慎行事吧。）

傑克即使進行念話依然用力頷首，而費拉特則像想起什麼似的開口。

（每次變身時都要請你多加注意喔。我覺得像剛才那種好像會得感冒的打扮，實在是醒目到不行。）

（唔、嗯……我也只是想變身成一般的少女，但為什麼會是那種肚臍跟大腿都露出來的服裝，我一點頭緒也沒有……）

在即將潛入醫院時，最初傑克盡可能想變成不會遭人懷疑的模樣，因此開始在汽車旅館內變身成形形色色的人，就在變身成十歲左右的少女時，不知為何竟然出現裸露度高到類似黑色泳裝的服裝。

就結果而言，也只是費拉特慌張地喊著「哇！哇！在這種地方這身打扮要是被誰看見肯定會立刻被報警，我被警察逮捕然後人生就結束啦！」而替傑克披上毛毯的一幕，但其中原因直到最後仍舊不明所以。

（嗯，罕見地看到你慌張的樣子也不錯。）

（拜託你饒了我吧，真是的……）

狂戰士透過念話聽見嘆息聲後，邊繃緊神經邊仰望樓梯上方。

——我果然什麼都看不見。

——不過，既然我的主人都這麼說了，那應該沒錯。

狂戰士目前之所以潛入醫院，是為了找出覆蓋於城鎮的「霧」的源頭。

當時在汽車旅館內的費拉特突然地說出「類似霧的魔力覆蓋住城鎮」，但縱使狂戰士變身為魔術師來觀察，依然沒特別感受到異常。

不過，費拉特似乎能看見那道「異質魔力的流動」，並一反常態地認真說出「這可不是普通的瑪那。該如何解釋才好……每一滴煙雨都像獨立的生物般……簡直像極端微小的蝗蟲群覆蓋整

座城鎮……」這段話並一臉煩惱。

——「目前還是測量魔力的道具毫無反應的程度，但我想只要『霧』再濃上兩個階段，感覺敏銳的魔術師們就會有所察覺。」

——「屆時，譬如感覺相當敏銳的英靈，或者是感官與人類截然不同的……很有可能會被吸血種那些人察覺到。」

在那之後，費拉特放出使魔並共享感官所觀察到的結果，了解到史諾菲爾德中央醫院附近受到較濃的霧包圍。

雖然也有傑克靈體化潛入醫院的方案，但靈體化時面對敵人的魔力攻擊可說是毫無防禦力，若對方設下某種陷阱，屆時將可能承受致命性傷害。

於是傑克決定利用自身特性，採取藉由實體化變身為醫院相關人員來潛入醫院的作戰。

（要是有什麼萬一，請立刻逃跑……萬一情況危急……萬一真的情況危急時，我會用令咒強制叫你回來！）

耳聞費拉特這番聽上去猶如包含某種強烈決心的說詞，狂戰士問道：

（……主人，剛才你是在想「我不想讓如此帥氣的令咒消失，所以麻煩你盡量自力逃跑」對吧。）

（是的，我是這麼想的。對不起！）

（雖然誠實是好事，但剛才那種情況我反倒希望你能敷衍一下，真是的……）

在深感錯愕的同時仍繼續前進的狂戰士，眼裡映入「特別隔離病房」的字樣。

看來是隔離感染特殊傳染病患的設施，要出入此處必須先通過除菌室才行。

──……怎麼回事？

──果然是有哪個醫生是主人，將使役者隔離在這裡嗎？

當傑克如此思索時，察覺到除菌室內有某人準備出來，因而變化為前一刻見過的女護士的樣貌。

接著於下一刻，除菌室內出來一名女醫師。

「哎呀，妳不是已經下班了嗎？」

「對不起，我好像忘記拿東西了……」

「是嗎……不曉得精神科那邊是不是還很多人。又是沙漠輸油管爆炸，又是警察局出現恐怖分子，還有白天的龍捲風……實在連續發生太多事，我想很多人因此受到打擊……」

似乎在進行某種理論性思考的女醫師，接著以充滿自嘲感的口吻邊說邊搖頭。

「因為我妹妹也在那間警察局工作，直到今天早上她聯絡我為止，我簡直坐立難安……不過，也並非全是壞事。今天早上小椿的狀況很穩定，要是以後都一直這麼穩定，或許沒多久就能

恢復意識了。」

「小椿她……真的嗎？那真是太好了！」

由於狂戰士無法連記憶都在一瞬間複製，因此只好適當配合對方的談話。

「是啊，剛發現那片刺青時，原本還以為是誰的低劣惡作劇……但說不定是傳說中的土地守護一族的某種咒語呢。」

「是這樣嗎……」

「對喔，對不起。我明明是醫生卻講這種奇怪的話……」

女醫師敷衍般笑著離去。

狂戰士目送她下樓梯後，便踏入除菌室中。

然後——

（……你聽到了嗎，主人？）

狂戰士以一如外表的女性嗓音搭話，費拉特則以念話答覆。

（嗯……我現在也看見了。）

（很確定了呢……這裡面大概有名叫「椿」的主人與使役者在。）

（嗯，不過……我想還是先回來一趟比較好吧？這要是在遊戲裡的話，絕對會被問「請問要存檔嗎？」呢。）

（……我有同感。很抱歉，我也不想在毫無準備的情況下繼續前進。）

不僅是費拉特，由於變身成一般人而大幅降低身為英靈的基礎能力的狂戰士，也能清楚感受到。

濃密到令人畏懼的「氣息」盤踞在從除菌室到準備進入病房的入口處。

（假如穿越除菌室擴散到走廊的，只是漆黑的魔力之「霧」……那我眼前看見的那間病房的入口處，感覺就是巨型瀑布的一部分。）

無法看得如此清楚的狂戰士，但自身作為真實身分不明的「殺人魔」顯現所獲得的感官，同時響起警報告知──

布滿於病房內的，簡直像是過去還待在倫敦的濃霧深處時，纏繞自己全身的那種氣氛。

位於此門後方的，無疑是濃密至極的「死」。

（使用寶具或許有辦法解決……但也算不上有十足把握。乾脆用炸彈破壞醫院還比較……）

（不、不可以做這種事啦！再說，我們還不知道那個主人是敵人或同伴！）

──既然會在聖杯戰爭中說出「不知道是敵人或同伴」這種話，代表他或許真的欠缺某種作為魔術師的重要部分。

──……不，應該說是「作為魔術師必須欠缺的部分」吧。

——嗯，或許正因為他的這種氣質，才能遇見那麼棒的「老師」。

接著，狂戰士邊嘆氣邊折返。

（我知道啦。）

僅清楚記住病房入口旁的門牌寫著「TUBAKI　KURUOKA」的字樣。

（假使真的這麼做……我就已經不是「殺人魔」，而是其他的「某種事物」了吧。）

×　　×

繰丘椿的病房內

「剛才……外面好像有誰……不對，是好像有『什麼』跑來。」

變成年幼少年身姿的捷斯塔．卡托雷，對眼前橫臥在床的少女訴說般喃喃低語。

「話說回來，抵達侵蝕人之病魔的詛咒源頭一看，居然是這種瀕死的小女孩當主人。」

不曉得究竟是如何潛入這間病房內，這名隱藏了身為吸血種的臉孔與力量的少年，邊凝視繰丘椿手上棲宿的令咒邊自言自語。

「嗯……還沒呢，還要再一陣子吧……等附在這女孩身上的使役者的詛咒成熟為止……」

捷斯塔嘀咕著某種危險的台詞，一邊露出恍惚的笑臉。

「對喔，要是我最愛的刺客姊姊知道這女孩的事，她會怎麼辦呢？要是知道這女孩光是活著，什麼都不做就會害死城裡的人們……哈哈。」

「要是能好好利用這女孩……或許就能看見刺客姊姊的哭臉呢！」

×　　×

史諾菲爾德中央教會

——真是的，醜態畢露，而且還放跑那邪魔歪道。

此為中央教會居住區的一室。

租用神父與修女生活空間一室當住處的「聖杯戰爭的監督官」——漢薩・賽凡堤斯，伸手去拿裝有哈瓦那辣椒與印度魔鬼辣椒等兩種超辣辣椒的玻璃酒杯，獻上對上帝的感激之情後開始捏起來吃。

身為部屬的「四重奏」等人目前仍在追蹤那名吸血種。

漢薩已經一邊進行一旦發現吸血種就能立刻出擊的準備，同時等待有主人現身請求監督官解釋現況——但從第一天直到現在，既沒有發現行蹤的報告，也沒有主人造訪的徵兆。

論及關於後者，畢竟這場原本就是宣揚為「排除聖堂教會的聖杯戰爭」，因此直到最後會不會有人現身都很難說。

——照經驗判斷應該會有敗退者尋求保護，要不是還沒人敗退，就是連主人都一起被殺……

——要是有大批警察來尋求保護，我應該要講點什麼來調侃那名局長呢？

當漢薩邊思考著這類玩笑邊聳肩時，電視中的紀錄片節目播放著以「持續增加的國內失蹤人口」為主題的資料畫面。

『……最近數年間，超過一年以上的長期失蹤者人數有持續增加的趨勢，今年的統計圖也呈現微幅上升……』

電視流瀉出口吻平淡的聲音報導失蹤人口的現狀，漢薩稍微蹙眉。

——又增加了嗎？

——如果這些失蹤人口中有幾人，是遭遇以吸血種為首的異形魔爪……

漢薩面無表情地繼續伸手拿一根辣椒，再以置入各種聖化完畢的道具的臼齒用力咬碎。

他並不知曉。

關於最近數年增加的失蹤者，並未特別與吸血種有關。

還有，此事也並非因為離家出走或亡命他國一類的理由——

亦不知曉，整件事是出自充滿純粹惡意的某個魔術師之手。

×　　　×

工業地區　地下工房

魔力結晶的小山堆滿室內角落。

從每一顆結晶上都感受到高密度魔力的阿爾喀德斯，面無表情地宣告：

「……有那些量的話，我在半天內連續使出全力戰鬥都沒問題。」

「那些量撐半天？」

「不服氣？不過以那位金色之王為對手，半天確實無法分出勝負……」

「不，足夠了。」

如此說道的巴茲迪洛於桌上攤開一張地圖。

依循數道手續來解除隱蔽後，原本只是城裡的工廠周邊區域地圖的圖面上，浮出了好幾個紅色光點。

「那點程度的數量就能維持半天的話……」

發出紅色光芒的點，是工業用的重油槽與儲水槽，以及形狀為巨型圓柱上搭載半球體的巨大瓦斯槽。

「配合這次準備的份全部加起來，應該足夠讓你連續全力戰鬥數個月之久。」

阿爾喀德斯耳聞此話後理解了。

地圖上記載的眾多工業用儲存槽，全是為了應付外界的偽裝——其內部全都如同此處的儲存槽一般，是魔力結晶的「保管庫」。

「……居然能製造出這種數量……你過去究竟拿多少人當這機械裝置的祭品了？」

阿爾喀德斯理解到有數之不盡的人被拿來當祭品後，出於諷刺才講出這句話。

然而，巴茲迪洛卻連眉頭皺也不皺一下就開口道：

「沒什麼，不過是二萬四千九百七十六人罷了。」

「需要被這數字嚇到嗎？這只占南美洲的毒品利益集團，在最近幾年所殺人數的一半而已。」

「……」

「不是，我只是為你會烙印此人數於腦髓內感到意外。」

「你以為我對人命如此不負責任嗎？」

這句話既能視為嚴肅也能視為惡趣味黑色笑話，但就算是阿爾喀德斯，也無法從那對猶如殺戮機械的主人的雙眼中窺視其真心。

「拿這種人數當祭品，真虧你有辦法徹底隱匿。」

「當然不可能靠我一人在一天內從國內外擄獲數十人，這全是靠吾主迦瓦羅薩．史夸堤奧的人脈才有此成果。」

巴茲迪洛小聲嘆息後，再平淡地繼續編織話語：

「史夸堤奧家族越是龐大就樹敵越多，既然是都要消滅的敵人，那更應該有效活用他們才對。」

如此說道的巴茲迪洛稍微瞇細雙眼，吐露也能視為自我警惕的話。

「說起來……今天的三十六人因為先殺了，所以只能榨出殘渣而已。」

×　　　×

柯茲曼特殊矯正中心　法迪烏斯工房內

法迪烏斯於人偶環繞的房間內思索。

——巴茲迪洛很危險。

——不，不對。正確來說是史夸堤奧家族很危險。

——這次要是巴茲迪洛獲勝的話，就再也無法打壓史夸堤奧的氣燄了。

——「汙泥」與「結晶」的組合要是散布給史夸堤奧家的其他魔術師，他們將獲得超越目前的實力。雖然屆時應該能牽制鐘塔或聖堂教會……但會連政府都無法控制他們。

法迪烏斯懷抱著各種憂慮下定決心。

——得在這次的聖杯戰爭中消滅巴茲迪洛。

——不過，僅有這樣還不夠。

「這裡沒有任何人。我想直接交談，可以嗎，刺客？」

當他如此低喃的瞬間，屋內的照明全數熄滅，黑暗支配了周遭。

感受到黑暗的質不同於往常，簡直像周圍的影子本身就在蠢動般的壓力，令法迪烏斯背脊不禁為之顫慄。

在他打算行使暗視的魔術前，背後便傳來說話聲。

「……儘管清楚道出，那折磨汝的災難。」

法迪烏斯面對講話方式拐彎抹角的刺客，邊握緊滲出冷汗的手邊開口：

「雖然會稍微遠離這座城鎮……但是有一名我希望你能偽裝成意外事故或自然死亡去收拾掉的人。他是經常在好幾名魔術師保護下，靠我們能使出的一般手段無法暗殺的男人。他名叫……」

正要說出對方的名字時，「黑暗」的壓力更上一層樓。

「一旦踏出去，將無法回頭。」

「……」

「汝有值得斷送人之命脈程度的信念嗎？」

使役者彷彿進行最後的確認般詢問主人。

「……最好牢記當信念淪為虛偽時，詛咒將盡數返回汝身，進而吞噬殆盡一切。若汝已有如此覺悟，那就道出……災厄之名吧。」

法迪烏斯產生不僅是魔術師迴路、刻印、令咒等魔術性要素，甚至連自身心臟與血管都同時凍結的錯覺，儘管如此法迪烏斯仍告知其名。

「迦瓦羅薩・史夸堤奧。」

「……」

「你最初要殺的並非英靈或魔術師，是只要缺少魔術加護就能輕易殺死的……普通人類。」

× ×

同時刻　鐘塔

艾梅洛閣下二世獨自一人，於鐘塔的某間辦公室內煩惱著。

他原本心想至少也該立刻動身前往史諾菲爾德，好帶回那名弟子——但出奇不意的干涉卻制止他的腳步。

法政科的化野直接交給他的「請求書」中，寫明「有鑑於昔日鐘塔失去肯尼斯・艾梅洛・亞奇伯這個要人的過程，因此不允許閣下前往指定為特級危險區域的史諾菲爾德」等內容，此為假借請求之名的明確命令。

雖然在準備林林總總禮裝的過程中突然被迫停下腳步，但畢竟有一半算在預料內，因此艾梅洛二世並未大動肝火。

「不過，法政科的對應也太快了。」

或許是擔心艾梅洛二世會無視要求，法政科才利用各種關係管道迫使他無法趕往當地。即使艾梅洛二世已經清楚確認過外頭有數名守衛在，卻也沒有強行闖關的本領。

——以接近最壞的情況來說，就是史諾菲爾德的幕後黑手可能與鐘塔的法政科有所連繫……

——不，若真是如此，法政科反倒會事先硬推我去當地才對。

——為了達成他們的目的，也就是解析聖杯戰爭。

在反覆自問自答的過程中，突然響起敲門聲。

開門後，人偶師朗格爾與昨天見過的弟子一同入內。

「恕我失禮，請問你的身體狀況已經好轉了嗎，閣下？」

「嗯，當時害你目睹不體面的模樣，實在抱歉。不過，你這趟來得可真著急，難道又收到什麼新消息？」

「是的，其實……雖然發現的人是我在這裡的這名弟子……不過謠言好像已經在鐘塔的年輕人之間傳開，想必明天會傳得更誇張，所以我才想第一個通知你。」

「？」

朗格爾弟子的少年戰戰兢兢地對費解歪頭的艾梅洛二世遞出筆記型電腦。

電腦畫面開啟後，出現的是最近幾年前被大規模搜尋引擎網站的營運公司收購，成為說是世界第一也不為過的影片共享網站的網頁。

「這個嘛，我想說昨天的事不知道是否會有什麼消息，所以跟朋友一起搜尋跟調查了很多當地的情報網站等等。然後，發現在史諾菲爾德活動的搖滾樂團『snow smoke』上傳的影片。」

——？

——莫非是有其他人從不同視角拍攝到英靈被警察逮捕的畫面嗎……？

艾梅洛二世邊蹙眉邊端詳起電腦畫面，下個瞬間，喉嚨深處溢出微弱呻吟。

「什麼……！」

反映於畫面上的，是技巧高超地彈奏吉他與樂團手來場即興演奏的，那名理應遭到警察逮捕的英靈身影。

「英、英靈居然會上傳影片……」

「呃，上傳影片的是樂團的人，並非那名英靈……」

「在那之前，這名英靈到底在做什麼？他這麼做究竟有何意圖……」

艾梅洛二世一邊思索著「這名英靈吉他彈得莫名的好」，同時嘗試以自己的方式去分析對方行動。

不過，該分析卻因為朗格爾弟子指向影片畫面時而被迫中斷。

「啊！您看！就是這裡！在畫面角落！」

「唔……？」

當艾梅洛二世看過去後，發覺畫面內映照出一名特色是染過的金髮與戴眼鏡的少女身影。

接著，艾梅洛二世更用力蹙眉後擠出一句話。

「……沙條？」

× ×

森林中

綾香於森林內移動時，出聲喊起劍兵。

「喂。」

「嗯？怎麼了？」

「……剛才我很抱歉。」

「？有發生過什麼需要妳道歉的事嗎？」

綾香俯視下方並對認真感到不解的劍兵說道：

「……就是我又怒吼，又扯你的頭髮……硬塞我的任性想法給你。」

「綾香妳真的很愛計較小事呢。不過，若是道歉就能讓妳滿意，那我甘心接受妳的賠罪。還有，我也必須向妳賠罪。沒考慮過妳的心情，就擅自利用妳來組成同盟。」

綾香在老實道歉的「王」面前，撇開視線答道：

「你才是沒必要為這點小事道歉啦。」

×　　×

鐘塔

「哦，果然沒錯嗎？」

「？」

艾梅洛二世耳聞朗格爾的話而回頭，看見呈現稻草人狀態的人偶師僵硬地點頭。

「你看，昨天不是也提過嗎？協會中潛入當地的人裡有閣下的弟子……」

「……？」

他再度感受到雙方對話有所分歧。

艾梅洛二世心想難不成自己誤會了，於是詢問朗格爾：

「難不成你說看到我的弟子……不是指費拉特？」

「是啊，費拉特·厄斯克德司一事我們也是後來才得知，雖說是天才，但閣下也不致於派遣那名特立獨行的學生作為先鋒部隊吧？我們講的是出現在畫面中的沙條……」

「不……請等一下。」

「沙條綾香」。

艾梅洛二世確實認得這名魔術師的名字。

於數年前——在冬木引發第五次聖杯戰爭前不久，這名外表依然殘留稚嫩感的學生，曾加入這間教室約一個月左右。

若自己只是普通講師，照理說雙方理應是早就忘記彼此長相的關係，但由於艾梅洛二世一絲不苟的性格，以及給予過幾項關於黑魔術方面的建議，還有費拉特解讀伏尼契手稿時將她牽連進極為誇張的意外中，再加上她姊姊的事，因此他們偶爾會聯絡彼此——

「抱歉，我想思考些事情，能請你們晚點再來嗎？真的非常感謝你們的消息。」

兩人似乎感到不可思議而互看彼此，艾梅洛二世向兩人道謝，待他們離開後掏出手機。

接著，以熟練動作打起郵件，內容為「看到這封信後請馬上打電話過來，我有急事想問妳」，再立刻傳送郵件。

寄送郵件的對象為——「綾香・沙條」。

× ×

史諾菲爾德某處

「嗯，這奇妙的聲音是怎麼回事？」

劍兵與綾香正在前往「下個目的地」的半路上。

由於突然響起收到郵件的通知聲，劍兵不禁環顧起周圍。

「是我的手機，好像收到郵件了。」

綾香打開手機，瀏覽過訊息的內容後不禁瞇細雙眼。

「哦，這就是現代的信件嗎？若是情書我就轉頭，妳可以盡情欣賞。」

「不是你想的這樣。」

反映在她手機螢幕上的訊息，僅用日文寫著「菲莉雅」。

菲莉雅。

是牽連自己進聖杯戰爭的「白色女子」的本名。

綾香原本心想難道對方又要提出什麼不合理的要求，但看到文中所寫的內容後，卻只能費解地歪頭。

「……？」

內文裡所寫的，是截然不同於在「城堡」相遇時態度總是以一成不變的她，散發出的氛圍簡直像別人所寫的一行字。

『喔，妳也真辛苦呢！反正妳已經自由了，所以愛怎麼樣都行喔！』

「事到如今才講這種話……怎麼回事？」

「怎麼了？」

「沒什麼。對了，還有件事我忘了說。」

綾香想說郵件一事總之先丟到後面再想，因此邊關手機邊開口：

「那個……我已經不會再對你說多管閒事了，反正不管我說什麼，你都會擅自插手。」

綾香道出宛如棄械投降的言詞後，擠出接下來像是也要說給自己聽的話。

「不過……至少你準備要做危險的事情前，能先告知一聲就算幫了我大忙。雖然知道阻止你是白費工夫，但姑且還是會想去制止一下……」

「……要是你擅自送死，害我無法道謝就頭痛了。」

×　　×

鐘塔

「感激不盡，要是我另外又收到什麼消息再聯絡妳。」

艾梅洛二世語畢後掛斷電話，在眉頭皺得更緊的情況下嘀咕。

「……這是怎麼回事？」

艾梅洛二世重新看一遍收到郵件後撥打過來的電話通訊紀錄。

那是從羅馬尼亞撥打國際電話過來的人——沙條綾香的電話號碼。

她因為有事而前往羅馬尼亞，此事艾梅洛二世曾聽費拉特提過。

「剛才打電話給我的，無庸置疑是在羅馬尼亞的沙條綾香本人。」

艾梅洛二世手指抵在太陽穴上，一邊回想起剛才出現在影片中，除了金髮外與綾香並無二致的女子，同時發出類似低吟的聲音。

「既然如此，那在史諾菲爾德的那個女性……到底又是何許人物？」

序章Ⅸ
「閃耀明星(壓軸)們的宴席（後）」

黑暗中

時間回溯至劍兵遭到逮捕，於電視攝影機前發表演說的不久後。

「啊～真有趣！」

法蘭契絲卡反覆好幾次回想起英靈被逮捕的瞬間後放聲爆笑，之後再擦去笑過頭而溢出的眼淚，並在床鋪正中央打滾。

接著，法蘭契絲卡先是端正跪坐再側過雙腿，同時舉起其中一隻手。

「那麼，我也差不多該以其中一個幕後黑手的身分好好努力才行！」

當她彈響手指，周遭蠟燭便燃起火焰，微弱的亮光照遍整個房間。

出現於豪華床鋪前面的，是與其他主人們召喚英靈所使用時，如出一轍的魔法陣。

只有一點不同於正式的魔法陣——

原本地點應該是在祭壇，卻改成在這張附有床頂罩的床鋪上。

接著，再拿起不知不覺冒出來的餅乾當沙包丟，同時有節奏地唱起歌。

「♪銀與鐵～各來一小片～♪

♪咕嘟咕嘟煮到爛的捕快頭子♪

♪阿忒女神的美妙食譜♪」

這段歌詞與召喚英靈時所詠唱的內容相去甚遠。

簡直像瞧不起聖杯戰爭般，聞者皆會震怒或者嗤笑說「怎麼可能成功召喚」的內容。

「♪封閉吧（滿盈吧）、封閉吧（滿盈吧）、封閉（滿盈）、封閉（滿盈）、封閉吧（滿盈吧）♪

♪關閉吧（滿盈吧）、關閉吧（滿盈吧）、開啟吧（溢出吧）、打開吧（墮落吧）♪

♪癒合的傷口，加起來，有五道♪」

諷刺的是，從她口中唱出充滿節奏感的馬虎詠唱，卻相當類似於昔日「聖杯戰爭」中，某名殺人魔召喚出她的「好友」時所使用的內容。

使役者的位置尚有空缺，因此目前並非聖杯需要強行顯現英靈的情況。照常理想，這種咒文確實不可能召喚出英靈——

但咒文理應才講到半途，魔法陣卻早早就散發光輝。

「♪我的身體，就依附在你身邊，我的心靈……
　　哈哈！啊哈哈！♪因為時間到了，就以下省略吧……♪」

並非如銀狼般蘊含強烈意志，也並非如費拉特・厄斯克德司以天才的魔術介入能力去連繫魔力。

儘管如此，召喚卻得以成立。

理由只有一點。

為了召喚出英雄所準備的「觸媒」的親和性簡直高到異常。

所謂觸媒即是——

端坐於當作祭壇的床鋪上，「法蘭契絲卡的存在本身」。

當魔法陣的光輝收束後——一名少年佇立此處。

年齡看上去與法蘭契絲卡相差無幾。一頭飽含光澤的頭髮修剪地相當整齊，還有稱為美少年也不為過的容貌，但眼神中總蘊含一股病態的氛圍。

於是，在下一刻——

原為魔法陣所在的昏暗空間，經過一瞬間的環顧，竟然變化為花田。

少年英靈於該花田的中心點，在並未目睹法蘭契絲卡臉龐的情況下，恭敬且異常誇張地行一鞠躬。

接著，再敞開雙臂嘹亮地吶喊。

「哈哈！居然會召喚我過來，此次的主人還真是個怪胎！很好！雖然我不知道妳期待我能做什麼，但我不會讓妳後悔！我會讓妳盡情——」

「盡情欣賞愉悅的夢境再升天後，在炙熱且令人心蕩神馳的惡夢中，直到墜入地獄！……對吧？」

法蘭契絲卡坐在床鋪中央放聲說道，再抿嘴竊笑。

相對於此，原本應該由自己說出的台詞，卻被原封不動奉還回來的英靈，則費解地稍微歪頭並發出充滿疑問的說話聲。

「嗯？哎呀哎呀？咦咦？」

「等你說完後，那片花田的花就會全部變成人類小孩的手臂吧！」

「嗯嗯？嗯嗯嗯？難道說妳以前召喚過我？召喚過我還能活著這件事是嚇我一跳，重點是妳居然會想召喚我第二次，簡直是腦袋有蟲湧出來的怪胎……」

少年在話說到一半時察覺到。

察覺到眼前的魔術師少女究竟是什麼人。

「咦？騙人？真的嗎？」

「是真的，你『生前的記憶』到哪邊結束？」

「當然是到『最初被處刑時』為止……先不談這點，我說妳究竟在幹嘛？」

「舉行聖杯戰爭啊？不過要等我把它攪得稀巴爛，到連真假都分不出為止！」

少年模樣的英靈耳聞法蘭契絲卡這番話後，展露喜悅之色的臉龐逐漸變得猙獰——最後彷彿潰堤般開始放聲大笑。

「啊哈哈哈哈哈哈哈！啊哈哈哈哈哈哈哈哈哈哈！」

花田裡的花朵配合他的笑聲，全體變化為從地面長出來的小孩手臂——似乎在祝賀兩人般，與隔壁手臂的掌心互擊而發出啪啪啪啪的鼓掌聲。

啪啪啪啪啪啪啪啪啪啪啪啪啪啪啪啪啪啪啪啪啪啪啪啪啪啪啪啪啪啪啪啪啪啪啪啪啪

——少年英靈在扭曲鼓掌聲的包圍下捧腹大笑。

「妳……妳……妳是白痴嗎！妳是白痴嗎！嘻嘻……嘻哈哈哈哈！為、為……為什麼！為什麼要做這種事！妳是白痴嗎妳是白痴嗎嘻哈哈哈哈！」

簡直像發瘋般笑到打滾的少年突然跳躍。

邊轉圈圈邊跳到法蘭契絲卡的床鋪上，坐到她身旁後打開散亂在床上其中一包零食。

接著，少年熟稔地肩並肩靠在法蘭契絲卡旁邊，同時開始享用打開包裝的零食。

「啊哈哈哈！我居然會召喚我，這玩笑也開得太過火了！嚼嚼……話說這是什麼？還真好吃耶。這就是現代的點心嗎？這個時代還真厲害耶！」

「對吧？既然是以我自身當觸媒，有九成機率會是『我』出現，不過我還是期待過說不定會是吉爾過來呢。」

「喂喂喂，吉爾怎麼可能來參加聖杯戰爭！」

氣質相近的兩人開始聊起奇妙的話題，內容冒出名叫吉爾的人物。

「可是我跟你說喔，吉爾他真的會來耶！雖然我因為那名基輔的操蟲者末裔，結果到最後都只能遠觀，可是他真的來了！那個吉爾啊，他真的在台座耶！」

「那可真厲害！職階呢？劍兵？騎兵？」

「都不是，是魔法師。」

「為什麼啦！吉爾居然是魔法師！啊，是我害的嗎！哈哈哈！」

充分享受過僅兩人才能理解的談話後——法蘭契絲卡不經意地露出嚴肅神情，對坐在隔壁的英靈說道：

「所以說，其實我還挺認真的……提早預定行程，在這座城鎮舉辦能讓我隨心所欲玩樂的聖杯戰爭！還有牽連很多人跟國家！」

「既然如此，那為什麼不召喚吉爾？嗯，雖然要吉爾在聖杯戰爭中贏到最後的確是很困難。」

法蘭契絲卡聽到說當然倒也理所當然的疑問時，微幅搖頭。

「這點我之後再慢慢告訴你！話說現在得先締結最開始的契約！」

「對喔，說得對說得對！我差點就忘記這件事了！話說回來，妳要是拿到聖杯的話，會想怎麼用？雖然我大致能想像啦。」

「嗯，我想應該就跟你猜的一樣吧？」

「原來如此，想要攻略那座大迷宮，確實需要聖杯等級的玩意兒。」

少年從床上一躍而起，再移動至魔法陣中心點，轉往法蘭契絲卡的方向後恭敬一鞠躬。

「試問，妳是追求聖杯，抑或是追求無窮盡的快樂與惡夢，打算拿我當奴隸的傲慢且愚昧的公主嗎？」

「嗯！沒錯喲！」

於是，長滿附近的整片小孩手臂，全體在鬼哭神嚎的聲響下熊熊燃燒，不出片刻便化為白骨並崩塌。

接著，英靈於灰燼飛揚的昏暗中高聲宣告契約成立。

「好啦！契約成立！」

少年攤開雙臂，於灰燼中朗誦自己的名號。

「我名叫法蘭索瓦・普列拉提！」

再者，當少年露出天真無邪的笑容後，繼續說出締結約定的詞語。

「吾主法蘭索……哎呀，既然現在是女孩子的身體……是吾主法蘭契絲卡・普列拉提，我保證將成為妳忠實的僕人，賭命引領妳獲得聖杯！」

「我也發誓。為了讓你能在正確的榮耀中獲得聖杯，我將賭上這個靈魂去堂堂正正贏得聖杯戰爭！」

然後，當少年少女的笑容變得狡猾的瞬間——

法蘭索瓦與法蘭契絲卡幾乎同時說出接下來的話語。

「『雖然是騙人的啦！』」

×　　×

同時刻　史諾菲爾德　火力發電廠地下

就在法蘭契絲卡於城鎮的某處親自召喚時——

身為黑魔術專家的魔術師哈露莉打算召喚真狂戰士，卻差點死在城鎮內建有數座火力發電廠的地底下。

——嗚嗚。

——為什麼會變成這樣？

當她瞧見出現於朦朧視線前方的鮮血時，便判斷自己即將死亡。

雖然她是治癒魔術方面的能手，問題是魔力幾乎見底。

為了召喚狂戰士，照理說她算是做足準備才對。

而且，實際上應該也是成功召喚。

問題是——那名受召喚的狂戰士在締結契約前就發狂作亂，結果哈露莉因此硬生吃下一記攻擊。

——啊，不過，也還算滿足吧……

——反正叫出來的……感覺比預期厲害……

她召喚出的英靈反映於朦朧的視野內。

那是名樣貌異常的英靈。

該英靈每邁進一步，室內就會響徹喀唧或嘎吱的機械聲，甚至是以四肢匍匐前進的姿勢在室內隨處走動。

儘管雙眼中閃耀炯炯有神的炙熱光輝，但不時溢出的呻吟聲，宛如唱針生鏽的唱盤機播放出的聲音般沙啞。

——既然已經注滿我的魔力……應該也能從這間發電廠獲得代替魔力的動力源……所以，你在這之後，愛怎麼大鬧就怎麼大鬧……

哈露莉凝視著逐步靠近自己，猶如塗滿鐵鏽的「某物」後，不禁露出一抹苦笑。

——雖然我很討厭競爭對手的尼古拉·特斯拉發明的能源就是。

——……對了，說不定……是因為這樣才會如此暴躁？

當哈露莉在思索著這類問題時，「某物」已經近在眼前。

看上去只覺得是以四腳蜘蛛或異形化的獅子為主題的機械人偶——那是顯露如此毛骨悚然姿態的英靈。

——可是……很奇怪。就算是狂戰士……我以為至少也該……以更接近人類的模樣出現……難不成是受到馬茲達的影響……？

——早知道就別讓給法蘭契斯卡，我來召喚魔法師就好了……

即使後悔也為時已晚。

不過，哈露莉不怕死。

她的專業是黑魔術，使用的媒介總是自己的血。

此次召喚亦然，拿來描繪魔法陣的全是自己體內淌流的鮮血。

即使有可能會消耗分量相當多的血液，她也願意慢慢花時間準備，有時還會事先備妥輸血袋來自行輸血，同時使用促進造血的治癒魔術。

假如準備完全的結果是被自己召喚出來的對象殺死，代表自己也就到此為止。

哈露莉掛起充滿自嘲的微笑，手再緩緩伸向英靈。

「沒關係……就拿我自己……來當你的祭品……」

她向聖杯許的願望僅此一件。

就只是向斷言自己的父親為異端，奪走他們一族一切的「魔術社會」復仇罷了。

此事無關乎鐘塔或亞特拉斯院，乃至零星散布於街頭巷尾的流浪魔術師同盟。

只不過，若能因與魔術關係疏遠的「機械」或「工業」，或者不屬於魔力的壓倒性「能源」而毀滅，那也不算是太過諷刺吧——哈露莉僅有如此念頭。

——就因為我想把聖杯用在這種無聊事上……才會遭到報應吧。

「來吧，儘管殺死我。代價就是……只要你能繼續存在，就要一直隨心所欲活下去。使你的身影成為全世界矚目的焦點，為了讓隱匿魔術變得毫無意義……」

哈露莉擠出最後一絲力氣提出如此宣言，接下來不管英靈何時殺死自己也無所謂，只要等待其攻擊就好——

但取而代之降臨在她身上的，是未曾聽過的女性說話聲。

「哦～妳垂死掙扎的方式還真是奇特呢。」

她忍不住睜開原本閉到一半的雙眼，發覺眼前竟是美到令人屏息，肌膚異常白皙的女性。

——啊……艾因茲貝倫的人造人？

哈露莉聽說過對方來到這座城鎮的事，也認為對方恐怕是盯上主人的寶座。不過，居然會現身於理應完全作好隱匿的召喚現場，實在是出乎意料。

——啊，原來如此，我果然是遭報應了吧。

——至今為止明明一路貫徹拿自己當祭品的堅持……因為來到這裡後，我根本不顧城裡居民的死活，所以魔術才會變得不純。

反正註定被殺，那下手的是艾因茲貝倫的人造人或英靈都沒差。

思考著這類事情的她，此刻總算察覺到異變。

「……咦？」

曾幾何時自己的傷口已經癒合，原本朦朧的視野也變得無比清晰。

「咦、咦？我……」

她不記得曾施展過治癒魔術。再說魔力早已徹底枯竭，想施展也有心無力。

儘管哈露莉感到困惑——但更令她困惑的，是「白色女子」緊接著講出來的話。

對方轉而望向狂戰士英靈，以簡直像對待自己寵物般的口吻向他搭話。

「你看，她是你的主人喔！還不趕快締結契約。」

——……？

——到底怎麼……？

取代消失殆盡的疼痛的，是支配哈露莉腦海的混亂。

雖然還沒締結契約，但主人的權利還在自己身上。

當哈露莉心想，應該沒有狂戰士會聽從缺少令咒的魔術師說詞的頃刻間，她的常識持續遭到顛覆。

「嘎……ＭＭＭＭＭＭＭＭＭ、遵遵遵遵遵、遵……遵守……守守守Ｒ守守守ＲＲＲ。」

這名狂戰士居然依照「白色女子」所言，彷彿在伺候倒地的哈露莉般垂首。

「好孩子。沒錯，魔力的路徑就是要連繫到她身上。」

魔力的通道於下一刻連繫起來，因此哈露莉能透過令咒體會到對方的感官。

此時，哈露莉注意到。

自己才剛召喚出來的狂戰士，竟然在害怕這名「白色女子」。

「妳、妳究竟是……」

「白色女子」無視哈露莉的提問而放聲說道：

「話說回來，我運氣還真好。這裡居然就剛好有如此容易進入的『容器』。」

同時邊仔細端詳自己的手腳，並佩服般頷首。

白色女子瞧見一臉莫名其妙的哈露莉後，緩緩伸手撫摸她的臉頰。

剎那間──哈露莉察覺到。

透過她的手所傳來的「力量」──是原本屬於不應該存在這世上的一類。

──不、不、不可能……！

──這、這種……連英靈都不是卻有這種……！

──不對，即便是英靈也不會有如此濃密的「力量」……！

或許是領會到哈露莉感到恐懼，白色女子──

正確來說是白色女子體內的某人，掛起充滿自信的笑容說道：

「放心吧。別看我這樣，我可是很喜愛人類的。」

儘管這句話充滿溫情，卻也給人一種熱情從心靈無法觸及的「高度」拋下來的感覺。

「既然我來了，那我就會好好支配你們人類！」

接著，照理說應該是哈露莉的使役者的機械人偶，宛如贊同她的說詞般，放聲發出猶如讚揚白色女子般的咆哮。

「■■■RRRRrrrRRR——」

——怎麼了？

哈露莉才從死亡的恐懼中獲得解放，卻又立刻遭到不同種類的恐懼囚禁。

她尚未知曉。

因為受到自己準備的某名英靈的「觸媒」影響——艾因茲貝倫的人造人，體內究竟棲宿了何其恐怖的事物。

如此這般，演員全體齊聚一堂。

齊聚至這場任誰都能當觀眾，任誰都能當評論家，以及任誰都能成為演員的史諾菲爾德的舞台劇。

除了一人——

即是尚未從幕間抵達舞台，尚未獲得聖杯賦予「角色」的少年。

幕間
「考驗開始」

西格瑪並不記得過去自己成為少年兵的瞬間。

從懂事時就被灌注幼年兵的生存方式，大約五歲左右就被強迫開槍。後來更因為參與了奇妙的魔術實驗，使得忍耐肉體與精神上的痛苦也成為每天的課題。

一支出自魔術師之手所創造的部隊，用來進行對敵國展開魔術性軍事作戰。

自己似乎是基於該目的，而創造出的部隊成員之一。

同為有魔術資質者——不論是偶然表露出來或是魔術師的遠親，刻意聚集這群身體有「魔術迴路」的士兵們，再找身上同樣有些許魔術迴路的女性士兵們交媾。

在以這種方式生下來的孩子們之中，篩選二十四名擁有實用等級的魔術迴路者，賦予他們希臘字母的代號。

這些人組成了一支連國民都不知曉其存在的無名特殊小隊。

無關乎隱匿魔術與否，而是以異質力量造成敵國損傷——在此般思維下創造的部隊，因為以鐘塔為首的魔術師們事前察覺到其行動，而出手徹底摧毀當時尚不穩固的獨裁政權。

等他明白自己正確的出處時，已經是舊政府徹底毀滅，獲得解放之後。但此事究竟是真實或虛偽，對西格瑪而言其實根本無所謂。

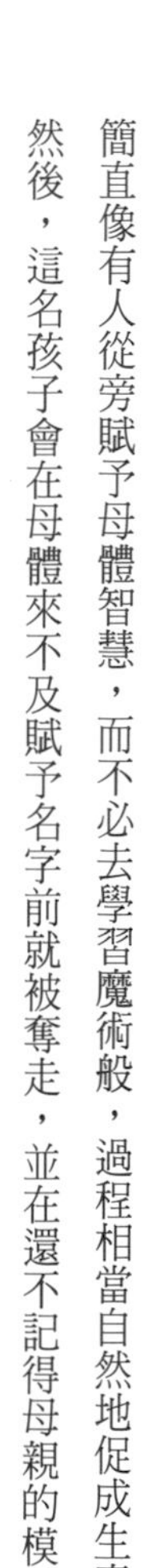

簡直像有人從旁賦予母體智慧，而不必去學習魔術般，過程相當自然地促成生產。

然後，這名孩子會在母體來不及賦予名字前就被奪走，並在還不記得母親的模樣時，便步上成為政府的道具一途。

如今自己仰賴著那幼年期的經驗成為魔術師傭兵，但這段傭兵生活也僅是僱主交代什麼就辦什麼，並沒有值得提的內容。

「其他方面，就真的沒有特別能講的事了……」

「雖然你講得很輕描淡寫，但從旁人眼裡看來，這可是一段很淒慘的人生耶。」

西格瑪為了能與自稱影子的人們圓滑地進行交流，決定先描述一下自己的身世背景，但經過重新自我審試後，領悟到自己的人生確實總是在做些別人硬推過來的事。

即使體認到自己並未因此感到特別空虛，因而發覺自己果然在某方面不太正常，但事到如今也莫可奈何。

於是，持蛇杖的少年緊接著現身後說道：

「你的母親怎麼樣了？」

「我不知道這是真是假，但據說是以魔術師助手的身分，參與位在極東國家發生的聖杯戰爭時死掉了……對方是叫衛宮切嗣的魔術師。」

「既然你清楚記得魔術師的名字，那你應該對他有些想法吧？」

「不，很難說吧？除了當過助手外，我根本不清楚兩人的關係，再說我也不認得母親的長相或名字。之所以曉得衛宮切嗣這名字，也是因為他在魔術師傭兵間，是個被奉為傳說中男人的知名人士。」

這個人既是以魔術師殺手的別號而受人敬畏的自由魔術師，也是直到受艾因茲貝倫僱用前，不停於世界各地執行危險任務並一一完成的幹練男子。

雖然聽僱主說衛宮切嗣直到第四次聖杯戰爭尾聲前一直一路勝出，但自己的母親似乎是在那段過程中死於非命。

「只不過……如果她是基於自己的意志跟隨那男人的話，我倒是有點羨慕母親。」

「羨慕？」

「不論母親對他抱持何種感情，至少她在名叫衛宮切嗣的男人身上找到生存的意義。然而，我卻一無所有，既沒有尊敬的人，也沒有該狙殺的仇敵。」

船長耳聞西格瑪這番與其稱為自虐，不如說僅是平淡陳述事實的言論後說道：

「這沒什麼，你也能找到生存的理由。只要經歷幾次賭命相搏，自然就會發現值得賴以為生的事物。克服絕境吧，小鬼。持續對抗神，絕對別輕易認同祂們。你生存的證明將會在那之後孕育而出。」

為了獲得生存的理由而克服絕境簡直本末倒置。

西格瑪心想，對方是因為事不關己才能信口開河，因而打算無視船長的話——此時船長看似相當愉快地望向西格瑪背後的房門口說道：

「你看，最初的考驗馬上就來嘍。」

「？」

西格瑪回過頭，一道「黑影」正佇立前方。

正確來說，是以黑影般的黑色服裝包覆全身的少女。

「妳是……？」

就在西格瑪心想或許這名少女也是一種「影子」的瞬間，他感受到不協調感。

至今為止，影子基本上每次只會出現一名。不過，感覺如今船長與少女是同時進入自己的視線內。

察覺到這點時早就為時已晚——一瞬間便逼近至西格瑪眼前的刺客少女，以抹殺情感的嗓音詢問：

「你是……尋求聖杯的魔術師嗎？」

於是，西格瑪即是在此瞬間，踏入蠻不講理的「考驗」。

並非出自任何人的要求——

只是，為了想明白自己是誰才涉足的考驗。

甚至在不知道跨越考驗的未來所尋獲的「自己」，究竟是榮耀抑或絕望的情況下。

接續章
「某日，城鎮中」

史諾菲爾德　市區

——我究竟看到了什麼？

隸屬警察局長手下的特殊部隊「二十八人的怪物」的其中一名青年，一邊按住右手的義肢，同時因眼前的光景而為之屏息。

映入青年視野內的是從頭頂披下一塊奇妙布料，一身紅黑色皮膚的弓兵。

對方不同於在警察局內戰鬥的刺客，也不同於在那之後奪走自己右手的怪物。

那名英靈——只是身懷純粹的強悍。

即使他們持有的寶具都能發揮全力，到底也不覺得能對那名英靈管用。

——是嗎，原來如此。這就是所謂貨真價實的英雄嗎？

差點忍不住同意的警察咬牙切齒。

——……就憑這傢伙？

——就憑這個破壞城鎮，連年幼孩童都打算殺害的傢伙？

青年警察周圍已經有好幾個特殊部隊的同伴倒下。

若強悍即代表正義，那眼前的弓兵或許就是「正義」。

但自己卻無法認同這點，如此僅存的自尊心點亮警察內心的勇氣。

接著，他再度屏息。

——我究竟看到了什麼？

映入視野內的是和自己同為警察的身影。

不過——那名警察並非他們的同伴，而且明顯相當異常。

——持續與那名怪物戰鬥的「那群人」究竟是誰？

在弓兵周圍現身又消失，消失再現身，幾度企圖削切，甚至打算以箭矢貫穿那名英靈的，是同樣打扮成警察之人。

警察的攻擊無法造成英靈任何損傷，話雖如此，長達好幾分鐘的戰鬥卻毫無間斷地繼續展開。

當這片奇妙的景象暫時持續一陣子後，弓兵嚴肅地開口：

「弱者啊……報上名來。」

於是那名警察拉開一步的距離，抿嘴一笑後回：

「我沒有名字。」

接著，當青年回過神時發覺警察的身影增加為兩人，增加的警察以相同嗓音說道：

「偉大的英靈啊，與時代一同改變身姿，造就豐功偉業的同時依然活在神代傳說中的存在，即便我是微不足道的區區罪犯，也有一事能告知於你。」

警察的人數越發增加，變成四人並從四方對弓兵斷言道：

「想必你有抱持同等覺悟的理由……不過，假如你基於那份覺悟而否定神之威光！假如你否定神的所有惡行與善行，並拋棄一切！」

八名化為警察以外等形形色色樣貌的「某物」，其吶喊聲迴盪於市區道路上。

「……不論你有何等強悍的力量，如今的你，確實是如你所期望的『人類』！」

十六人嘶吼著對弓兵的靈魂訴說。

「淪落為惡棍，且成就為人類的英雄！無論你是何其偉大的英雄！即便身懷破壞世界的力量！」

三十二人露出無所畏懼的笑容，青年以為就要包圍弓兵時——那些人影竟全體吸收至最初的一人身上而消失無蹤。

「只要本質還是人類……想必你就會遭到尋常且無力的『殺人魔』狩獵。」

接著，在警察與紅黑色弓兵眼前——

殺人魔開膛手傑克（無名的狂戰士）貫徹前面那番話而吶喊。

喊出暴露自身本質，為了斷絕大英雄命脈而擊出的寶具名稱。

「——『惡霧同倫敦拂曉一同消滅逝去（From Hell）』！」

當敗壞的聖杯戰爭正進展之時，戰鬥平靜地開始連鎖。

簡直像維繫在一起的坎苛命運，在對英雄與魔術師們低語。

訴說著——弱者們啊，去挑戰強者吧！

next episode [Fake04]

CLASS
復仇者／真弓兵

主人	巴茲迪洛・柯狄里翁
真名	阿爾喀德斯
性別	男
高、體重	203cm 141kg
屬性	混沌、惡

肌力	A	魔力	A
耐久	B	幸運	B
敏捷	A	寶具	A++

保有技能

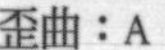

歪曲：A

強制扭曲原本召喚出來的職階，賦予其他職階特性的證明。代價為將原本職階別的技能之一降低水準。
阿爾喀德斯的情況是單獨行動降低為C級。

心眼（真）：B

從修行與鍛鍊中得來的，得以在戰場上發揮的洞察力。阿爾喀德斯的情況是拋棄原本神所賜予的本能，
以人之身累積的技術所帶來的發現。

勇猛：E

彈開幻惑或混亂等精神干擾，提昇格鬥能力的技能。
由於令咒效用導致體內的神之詛咒遭到拔除而影響，明顯弱於原本數值。

持續戰鬥：A+

即使身負瀕死傷害依然能繼續戰鬥，此能力將體現出在戰場上求生的強悍。

職階別能力

復仇者：A　單獨行動：C　對魔力：A

寶具

Kings Order
十二榮耀

等級：C～A++　類別：－　範圍：－
伴隨喪失神性與不死性而得到的種種「通過考驗的證明」。能具現化以「神獸皮裘」與「戰神軍帶」為首的「於生前傳說中所獲得的寶具」，當成自己的道具消耗。只不過，由於是在強制令聖杯之理屈從的情況下使用，消耗的魔力高達平常的數倍之多。

Nine Lives
射殺百頭

等級：C～A+　類別：不明　範圍：臨機應變
能以到手的武具，或者是赤手空拳來行使各種武術，簡言之，即是「流派：射殺百頭」的技術本身實體化的產物。能激發武具最大限度的力量，配合從對人至對軍乃至攻城等各種狀況來展現不同形式。

等級：EX

CLASS

真騎兵

主人	？？？
真名	希波呂忒
性別	女
身高、體重	159cm 50kg
屬性	秩序、善

肌力	B	魔力	C
耐久	B	幸運	D
敏捷	A	寶具	A

保有技能

領袖氣質：B

綜合了為一統國家、軍隊的指揮能力與本人魅力的技能。

神性：B

體現與神交流的深度，【神靈適性】之高度的技能。
儘管她是由阿忒蜜絲的巫女兼女王及戰神阿瑞斯之間所生而纏繞濃密神氣，
卻因死後未能抵達神座，以致於沒能達A級。

職階別能力 騎乘：A　對魔力：C

寶具

Goddess of War
戰神軍帶

等級：A　類別：對人～攻城寶具　範圍：－
為父親阿瑞斯分身的軍旗調整成為帶狀物。能大幅引導出使用者的神性、肌力、耐力與魔
數值，但由於神祕在現代社會中較為薄弱，因此無法在能力發揮至一定程度以上的情況下

後記（由於會大幅洩漏本篇劇情，因此推薦在閱讀完本篇後觀賞）

要英雄墮落無需刀具，僅需要三道令咒與大量祭品，還有汙泥與勇氣，加上不讓自己發瘋的高階魔術即可……話雖如此，實際上遠比準備刀具更加麻煩，換言之，真弓兵的真實身分就是這麼回事……

我：「可是，雖說已經●●●●●●化了，但●●●●●去射殺緹妮這種小孩子的情節還是算了吧。在冬木時，也在●●●狀態時因為看見●●●而恢復神智。」

奈須老師：「不能看輕復仇，更何況是對神的復仇。『他』對小孩拉弓的確是絕對的禁忌，但如果缺少顛覆這項原則的覺悟，就不可能向神復仇呀，良悟。」

由於經過這番交談，因此我也做好一項覺悟，就是決定實行「英雄墮落」。

附帶一提，那塊會讓人類的道具不管用的「皮袞」到底是如何加工，這道謎題姑且是有答案，但畢竟跟「Fake」本篇沒什麼關係，是否要在作品內提及就感覺有些微妙。希望等全書寫完後，本作能受歡迎到會出讓我寫這類祕話的設定資料集……

就是這麼回事，各位好不久不見，我是成田！

最近在手機遊戲「Fate」的加入下，而遊戲中也描寫到吉爾新的一面，因此我眼下正煩惱著這類內容應該反映多少在本作上。

沒錯……就是「Fate/GrandOrder」……也就是FGO。

因為我和負責FGO遊戲劇本的人們講好，「洩漏劇情的話，樂趣就會減半，所以雙方都隱瞞詳細情節吧」，於是我也以嶄新的態度去期待拿美國當舞台的FGO第五章，也因此引發慘劇。

※以下為濃縮長期間交流的想像對話。

執筆「Fake」前的我：「咦，在『Fake』裡寫到第五次●●●●●的●●●化情節沒關係嗎？」

奈須老師A：「是呀……你就好好寫吧。」

奈須老師B：「再添一份（致敬大仲馬的作品）也行喔！」

我：「……」

奈須老師C：「別顧忌，盡情揮灑你想寫的心情去寫吧。」

執筆中的我：「真可口、真可口、真可口……（這點子太可口了……肯定任誰都還想不到吧）……」

戴起防毒面具的奈須老師：「現在發布監獄島活動與FGO第五章！」

三月的我：「呃啊啊啊（好幾項點子和『Fake』重疊了！）（苦悶而死）！」

奈須老師：「沒想到居然會死……」

先別管明白這段帶哏對話的人會接著問說有幾成重疊到，在一旁目睹這段慘劇的三田老師，跑來拜託我說：「因為有不祥的預感，所以今後要是登場人物會重疊的話，能提前讓我看一下劇本嗎？」說完這段話的兩週後，就大喊著：「點子重複啦啊啊！」我因此目睹三田老師重擬整段事件簿後半大綱的光景，然而這又是另一篇故事。

話雖如此，要是被說不要過於一一在意點子重複這件事的話，那也就只是這樣，但其實是因為FGO的劇情太有趣，為了不輸給對方，眼下我正致力於讓「Fake」熱烈起來。

再來談到三田老師，其實有關魔術方面的描寫，我有請三田老師監修。

三田老師：「吉爾的『想必是【座】或多或少想遏止世界所產生的矛盾才使出的苦肉計』這句台詞，實在不講理到像在說：『為了不讓人類飛到宇宙去的地球所使出的苦肉計……那就是重力！』……」

我：「可是，英雄王感覺不就會對地球講這種話嗎……？」

三田老師：「……會耶！」

我就在這種時而參雜快樂，時而熬過嚴厲的監修的情況下，以因為是不同於冬木的「虛偽的聖杯戰爭」為理由而容許我寫下許多犯規的情節。

不過，誠如FGO的達文西妹妹也提過的，希望各位就當成是「在遙遠的世界或不同世界所舉行的聖杯戰爭」來放寬心享受吧！聖杯戰爭的系統在法蘭契絲卡帶進美國時就大幅調整了一

番，所以能辦到一些冬木的聖杯絕對辦不到的事，因此當各位在研究冬木的聖杯戰爭時也能留意這點就好……！

那麼，這回總算讓角色都齊聚一堂。第四集將會描述費拉特與「白色女子」的過去，再加入好不容易盼到的「主人間的魔術戰」等，感覺戰鬥成分會比較多。我想盡可能以華麗登場及華麗退場的方式來描寫，因此請各位一邊推測真狂戰士與看守的身分，同時期待下一集到來！

雖說出刊期間恐怕是今年冬季，但還要配合 TYPE-MOON 的動作，以及幫忙繪製漫畫版的森井老師的行程，才能決定最終的出刊日期。

森井老師繪製的漫畫在壯大的戰鬥演出，乃至角色活靈活現的表情上，簡直美妙到沒有絲毫多餘的成分，有機會的話，還請各位讀者務必閱讀……！

因為截稿時間而被我添了諸多麻煩的責編阿南，以及幫忙調整同時進行的《無頭騎士異聞錄 DuRaRaRa!!》排程表的責任編輯和田，還有編輯部的各位。

以三田誠老師、東出祐一郎老師、櫻井光老師、磨伸映一郎老師為首的「Fate」相關人等，以及幫忙進行部分使役者設定考據的 Team Barrel-roll。

伴隨各種人物設計，還幫忙繪製美妙插圖的森井しづき老師。

賜予我出版第二集、第三集時無比光榮的書腰留言的武內崇老師、虛淵玄老師。

特別感激虛淵老師給予我「她」的「兒子」的設定使用許可！

然後最重要的是，創造出名為「Fate」的作品並替我監修的奈須きのこ老師＆TYPE-MOON的各位——和閱讀本書的各位讀者。

真的非常感謝你們！

２０１６年４月　一邊偷偷想著「看守」最初其實是「盾兵」。　成田良悟

國家圖書館出版品預行編目(CIP)資料

Fate/strange Fake / TYPE-MOON原作 ; 成田良悟作 ; 韓珮, 北太平洋譯. -- 初版. -- 臺北市 : 臺灣角川, 2016.06-

冊 ; 公分

譯自 : Fate/strange fake

ISBN 978-986-473-147-3(第1冊 : 平裝). --
ISBN 978-986-473-321-7(第2冊 : 平裝). --
ISBN 978-986-473-508-2(第3冊 : 平裝)

861.57 105006844

Kadokawa
Fantastic
Novels

Fate/strange Fake 3

（原著名：Fate/strange Fake 3）

2017年2月20日 初版第1刷發行
2023年6月30日 初版第6刷發行

作　　者：成田良悟
原　　作：TYPE-MOON
插　　畫：森井しづき
日版設計：WINFANWORKS
譯　　者：北太平洋

發 行 人：岩崎剛人
總 編 輯：蔡佩芬
編　　輯：黃怡珮
美術設計：莊捷寧
印　　務：李明修（主任）、張加恩（主任）、張凱棋

發 行 所：台灣角川股份有限公司
地　　址：104台北市中山區松江路223號3樓
電　　話：（02）2515-3000
傳　　真：（02）2515-0033
網　　址：www.kadokawa.com.tw
劃撥帳戶：台灣角川股份有限公司
劃撥帳號：19487412
法律顧問：有澤法律事務所
製　　版：尚騰印刷事業有限公司
ISBN：978-986-473-508-2